*AS CIDADES INVISÍVEIS*

Obras do autor publicadas pela Companhia das Letras

*Os amores difíceis*
*Assunto encerrado*
*O barão nas árvores*
*O caminho de San Giovanni*
*O castelo dos destinos cruzados*
*O cavaleiro inexistente*
*As cidades invisíveis*
*Coleção de areia*
*As cosmicômicas*
*O dia de um escrutinador*
*Eremita em Paris*
*A especulação imobiliária*
*Fábulas italianas*
*Um general na biblioteca*
*Marcovaldo ou As estações na cidade*
*Mundo escrito e mundo não escrito — Artigos, conferências e entrevistas*
*Os nossos antepassados*
*Palomar*
*Perde quem fica zangado primeiro (infantil)*
*Por que ler os clássicos*
*Se um viajante numa noite de inverno*
*Seis propostas para o próximo milênio — Lições americanas*
*Sob o sol-jaguar*
*Todas as cosmicômicas*
*A trilha dos ninhos de aranha*
*O visconde partido ao meio*

*Contos fantásticos do século XIX* (org.)

*ITALO CALVINO*

# *AS CIDADES INVISÍVEIS*

Tradução:

DIOGO MAINARDI

*2ª edição*
*29ª reimpressão*

COMPANHIA DAS LETRAS

*Grafia atualizada segundo o Acordo Ortográfico da Língua Portuguesa de 1990, que entrou em vigor no Brasil em 2009.*

Título original:
*Le città invisibili*

Capa:
*Raul Loureiro*

Preparação:
*Márcia Copola*

Revisão:
*Flávia Yacubian*
*Marcelo D. de Brito Riqueti*

*Os personagens e situações desta obra são reais apenas no universo da ficção; não se referem a pessoas e fatos concretos, e sobre eles não emitem opinião.*

Dados Internacionais de Catalogação na Publicação (CIP)
(Câmara Brasileira do Livro, SP, Brasil)

Calvino, Italo, 1923-1985.
As cidades invisíveis / Italo Calvino ; tradução Diogo Mainardi. — São Paulo : Companhia das Letras, 1990.

Título original: Le città invisibili.
ISBN 978-85-7164-149-5

1. Ficção italiana 2. Kublai Khan, ca. 1215-1294 — Ficção 3. Polo, Marco, 1254-1323? — Ficção I Título.

90-2042 CDD-853.91

Índices para catálogo sistemático:
1. Ficção : Século 20 : Literatura italiana 853.91
2. Século 20 : Ficção : Literatura italiana 853.91


EDITORA SCHWARCZ S.A.
Rua Bandeira Paulista, 702, cj. 32
04532-002 — São Paulo — SP
Telefone: (11) 3707-3500
www.companhiadasletras.com.br
www.blogdacompanhia.com.br
facebook.com/companhiadasletras
instagram.com/companhiadasletras
twitter.com/cialetras

# *ÍNDICE*

# 1

*Não se sabe se Kublai Khan acredita em tudo o que diz Marco Polo quando este lhe descreve as cidades visitadas em suas missões diplomáticas, mas o imperador dos tártaros certamente continua a ouvir o jovem veneziano com maior curiosidade e atenção do que a qualquer outro de seus enviados ou exploradores. Existe um momento na vida dos imperadores que se segue ao orgulho pela imensa amplitude dos territórios que conquistamos, à melancolia e ao alívio de saber que em breve desistiremos de conhecê-los e compreendê-los, uma sensação de vazio que surge ao calar da noite com o odor dos elefantes após a chuva e das cinzas de sândalo que se resfriam nos braseiros, uma vertigem que faz estremecer os rios e as montanhas historiadas nos fulvos dorsos dos planisférios, enrolando um depois do outro os despachos que anunciam o aniquilamento dos últimos exércitos inimigos de derrota em derrota, e abrindo o lacre dos sinetes de reis dos quais nunca se ouviu falar e que imploram a proteção das nossas armadas avançadas em troca de impostos anuais de metais preciosos, peles curtidas e cascos de tartarugas: é o desesperado momento em que se descobre que este império, que nos parecia a soma de todas as maravilhas, é um esfacelo sem fim e sem forma, que a sua corrupção é gangrenosa demais para ser remediada pelo nosso cetro, que o triunfo sobre os soberanos adversários nos fez herdeiros de suas prolongadas ruínas.*

*Somente nos relatórios de Marco Polo, Kublai Khan conseguia discernir, através das muralhas e das torres destinadas a desmoronar, a filigrana de um desenho tão fino a ponto de evitar as mordidas dos cupins.*

## *AS CIDADES E A MEMÓRIA 1*

Partindo dali e caminhando por três dias em direção ao levante, encontra-se Diomira, cidade com sessenta cúpulas de prata, estátuas de bronze de todos os deuses, ruas lajeadas de estanho, um teatro de cristal, um galo de ouro que canta todas as manhãs no alto de uma torre. Todas essas belezas o viajante já conhece por tê-las visto em outras cidades. Mas a peculiaridade desta é que quem chega numa noite de setembro, quando os dias se tornam mais curtos e as lâmpadas multicoloridas se acendem juntas nas portas das tabernas, e de um terraço ouve-se a voz de uma mulher que grita: uh!, é levado a invejar aqueles que imaginam ter vivido uma noite igual a esta e que na ocasião se sentiram felizes.

## *AS CIDADES E A MEMÓRIA 2*

O homem que cavalga longamente por terrenos selváticos sente o desejo de uma cidade. Finalmente, chega a Isidora, cidade onde os palácios têm escadas em caracol incrustadas de caracóis marinhos, onde se fabricam à perfeição binóculos e violinos, onde quando um estrangeiro está incerto entre duas mulheres sempre encontra uma terceira, onde as brigas de galo se degeneram em lutas sanguinosas entre os apostadores. Ele pensava em todas essas coisas quando desejava uma cidade. Isidora, portanto, é a cidade de seus sonhos: com uma diferença. A cidade sonhada o possuía jovem; em Isidora, chega em idade avançada. Na praça, há o murinho dos velhos que veem a juventude passar; ele está sentado ao lado deles. Os desejos agora são recordações.

# *AS CIDADES E O DESEJO 1*

Da cidade de Doroteia, pode-se falar de duas maneiras: dizer que quatro torres de alumínio erguem-se de suas muralhas flanqueando sete portas com pontes levadiças que transpõem o fosso cuja água verde alimenta quatro canais que atravessam a cidade e a dividem em nove bairros, cada qual com trezentas casas e setecentas chaminés; e, levando-se em conta que as moças núbeis de um bairro se casam com jovens dos outros bairros e que as suas famílias trocam as mercadorias exclusivas que possuem: bergamotas, ovas de esturjão, astrolábios, ametistas, fazer cálculos a partir desses dados até obter todas as informações a respeito da cidade no passado no presente no futuro; ou então dizer, como fez o cameleiro que me conduziu até ali: "Cheguei aqui na minha juventude, uma manhã; muita gente caminhava rapidamente pelas ruas em direção ao mercado, as mulheres tinham lindos dentes e olhavam nos olhos, três soldados tocavam clarim num palco, em todos os lugares ali em torno rodas giravam e desfraldavam-se escritas coloridas. Antes disso, não conhecia nada além do deserto e das trilhas das caravanas. Aquela manhã em Doroteia senti que não havia bem que não pudesse esperar da vida. Nos anos seguintes meus olhos voltaram a contemplar as extensões do deserto e as trilhas das caravanas; mas agora sei que esta é apenas uma das muitas estradas que naquela manhã se abriam para mim em Doroteia".

## *AS CIDADES E A MEMÓRIA 3*

Inutilmente, magnânimo Kublai, tentarei descrever a cidade de Zaíra dos altos bastiões. Poderia falar de quantos degraus são feitas as ruas em forma de escada, da circunferência dos arcos dos pórticos, de quais lâminas de zinco são recobertos os tetos; mas sei que seria o mesmo que não dizer nada. A cidade não é feita disso, mas das relações entre as medidas de seu espaço e os acontecimentos do passado: a distância do solo até um lampião e os pés pendentes de um usurpador enforcado; o fio esticado do lampião à balaustrada em frente e os festões que empavesavam o percurso do cortejo nupcial da rainha; a altura daquela balaustrada e o salto do adúltero que foge de madrugada; a inclinação de um canal que escoa a água das chuvas e o passo majestoso de um gato que se introduz numa janela; a linha de tiro da canhoneira que surge inesperadamente atrás do cabo e a bomba que destrói o canal; os rasgos nas redes de pesca e os três velhos remendando as redes que, sentados no molhe, contam pela milésima vez a história da canhoneira do usurpador, que dizem ser o filho ilegítimo da rainha, abandonado de cueiro ali sobre o molhe.

A cidade se embebe como uma esponja dessa onda que reflui das recordações e se dilata. Uma descrição de Zaíra como é atualmente deveria conter todo o passado de Zaíra. Mas a cidade não conta o seu passado, ela o contém como as linhas da mão, escrito nos ângulos das ruas, nas grades das janelas, nos corrimãos das escadas, nas antenas dos para-raios, nos mastros das bandeiras, cada segmento riscado por arranhões, serradelas, entalhes, esfoladuras.

## *AS CIDADES E O DESEJO 2*

A três dias de distância, caminhando em direção ao sul, encontra-se Anastácia, cidade banhada por canais concêntricos e sobrevoada por pipas. Eu deveria enumerar as mercadorias que aqui se compram a preços vantajosos: ágata ônix crisópraso e outras variedades de calcedônia; deveria louvar a carne do faisão dourado que aqui se cozinha na lenha seca da cerejeira e se salpica com muito orégano; falar das mulheres que vi tomar banho no tanque de um jardim e que às vezes convidam — diz-se — o viajante a despir-se com elas e persegui-las dentro da água. Mas com essas notícias não falaria da verdadeira essência da cidade: porque, enquanto a descrição de Anastácia desperta uma série de desejos que deverão ser reprimidos, quem se encontra uma manhã no centro de Anastácia será circundado por desejos que se despertam simultaneamente. A cidade aparece como um todo no qual nenhum desejo é desperdiçado e do qual você faz parte, e, uma vez que aqui se goza tudo o que não se goza em outros lugares, não resta nada além de residir nesse desejo e se satisfazer. Anastácia, cidade enganosa, tem um poder, que às vezes se diz maligno e outras vezes benigno: se você trabalha oito horas por dia como minerador de ágatas ônix crisóprasos, a fadiga que dá forma aos seus desejos toma dos desejos a sua forma, e você acha que está se divertindo em Anastácia quando não passa de seu escravo.

## *AS CIDADES E OS SÍMBOLOS 1*

Caminha-se por vários dias entre árvores e pedras. Raramente o olhar se fixa numa coisa, e, quando isso acontece, ela é reconhecida pelo símbolo de alguma outra coisa: a pegada na areia indica a passagem de um tigre; o pântano anuncia uma veia de água; a flor do hibisco, o fim do inverno. O resto é mudo e intercambiável — árvores e pedras são apenas aquilo que são.

Finalmente, a viagem conduz à cidade de Tamara. Penetra-se por ruas cheias de placas que pendem das paredes. Os olhos não veem coisas mas figuras de coisas que significam outras coisas: o torquês indica a casa do tira-dentes; o jarro, a taberna; as alabardas, o corpo de guarda; a balança, a quitanda. Estátuas e escudos reproduzem imagens de leões delfins torres estrelas: símbolo de que alguma coisa — sabe-se lá o quê — tem como símbolo um leão ou delfim ou torre ou estrela. Outros símbolos advertem aquilo que é proibido em algum lugar — entrar na viela com carroças, urinar atrás do quiosque, pescar com vara na ponte — e aquilo que é permitido — dar de beber às zebras, jogar bocha, incinerar o cadáver dos parentes. Na porta dos templos, veem-se as estátuas dos deuses, cada qual representado com seus atributos: a cornucópia, a ampulheta, a medusa, pelos quais os fiéis podem reconhecê-los e dirigir-lhes a oração adequada. Se um edifício não contém nenhuma insígnia ou figura, a sua forma e o lugar que ocupa na organização da cidade bastam para indicar a sua função: o palácio real, a prisão, a casa da moeda, a escola pitagórica, o bordel. Mesmo as mercadorias que os vendedores expõem em suas bancas valem não por si próprias mas como símbolos de outras coisas: a tira bordada para a testa significa elegância; a liteira dourada, poder; os volumes de Averróis, sabedoria; a pulseira para o tornozelo, voluptuosidade. O olhar percorre as ruas como se fossem páginas escritas: a cidade diz tudo o que você deve pensar, faz você repetir o discurso, e, enquanto você acredita estar visitando Tamara, não faz nada além de registrar os nomes com os quais ela define a si própria e todas as suas partes.

Como é realmente a cidade sob esse carregado invólucro de símbolos, o que contém e o que esconde, ao se sair de Tamara é impossível saber. Do lado de fora, a terra estende-se vazia até o horizonte, abre-se o céu onde correm as nuvens. Nas formas que o acaso e o vento dão às nuvens, o homem se propõe a reconhecer figuras: veleiro, mão, elefante...

## *AS CIDADES E A MEMÓRIA 4*

Ao se transporem seis rios e três cadeias de montanhas, surge Zora, cidade que quem viu uma vez nunca mais consegue esquecer. Mas não porque deixe, como outras cidades memoráveis, uma imagem extraordinária nas recordações. Zora tem a propriedade de permanecer na memória ponto por ponto, na sucessão das ruas e das casas ao longo das ruas e das portas e janelas das casas, apesar de não demonstrar particular beleza ou raridade. O seu segredo é o modo pelo qual o olhar percorre as figuras que se sucedem como uma partitura musical da qual não se pode modificar ou deslocar nenhuma nota. Quem sabe de cor como é feita Zora, à noite, quando não consegue dormir, imagina caminhar por suas ruas e recorda a sequência em que se sucedem o relógio de ramos, a tenda listrada do barbeiro, o esguicho de nove borrifos, a torre de vidro do astrônomo, o quiosque do vendedor de melancias, a estátua do eremita e do leão, o banho turco, o café da esquina, a travessa que leva ao porto. Essa cidade que não se elimina da cabeça é como uma armadura ou um retículo em cujos espaços cada um pode colocar as coisas que deseja recordar: nomes de homens ilustres, virtudes, números, classificações vegetais e minerais, datas de batalhas, constelações, partes do discurso. Entre cada noção e cada ponto do itinerário pode-se estabelecer uma relação de afinidades ou de contrastes que sirva de evocação à memória. De modo que os homens mais sábios do mundo são os que conhecem Zora de cor.

Mas foi inútil a minha viagem para visitar a cidade: obrigada a permanecer imóvel e imutável para facilitar a memorização, Zora definhou, desfez-se e sumiu. Foi esquecida pelo mundo.

# *AS CIDADES E O DESEJO 3*

Há duas maneiras de se alcançar Despina: de navio ou de camelo. A cidade se apresenta de forma diferente para quem chega por terra ou por mar.

O cameleiro que vê despontar no horizonte do planalto os pináculos dos arranha-céus, as antenas de radar, os sobressaltos das birutas brancas e vermelhas, a fumaça das chaminés, imagina um navio; sabe que é uma cidade, mas a imagina como uma embarcação que pode afastá-lo do deserto, um veleiro que esteja para zarpar, com o vento que enche as suas velas ainda não completamente soltas, ou um navio a vapor com a caldeira que vibra na carena de ferro, e imagina todos os portos, as mercadorias ultramarinas que os guindastes descarregam nos cais, as tabernas em que tripulações de diferentes bandeiras quebram garrafas na cabeça umas das outras, as janelas térreas iluminadas, cada uma com uma mulher que se penteia.

Na neblina costeira, o marinheiro distingue a forma da corcunda de um camelo, de uma sela bordada de franjas refulgentes entre duas corcundas malhadas que avançam balançando; sabe que é uma cidade, mas a imagina como um camelo de cuja albarda pendem odres e alforjes de fruta cristalizada, vinho de tâmaras, folhas de tabaco, e vê-se ao comando de uma longa caravana que o afasta do deserto do mar rumo a um oásis de água doce à sombra cerrada das palmeiras, rumo a palácios de espessas paredes caiadas, de pátios azulejados onde as bailarinas dançam descalças e movem os braços para dentro e para fora do véu.

Cada cidade recebe a forma do deserto a que se opõe; é assim que o cameleiro e o marinheiro veem Despina, cidade de confim entre dois desertos.

## *AS CIDADES E OS SÍMBOLOS 2*

Da cidade de Zirma, os viajantes retornam com memórias bastante diferentes: um negro cego que grita na multidão, um louco debruçado na cornija de um arranha-céu, uma moça que passeia com um puma na coleira. Na realidade, muitos dos cegos que batem as bengalas nas calçadas de Zirma são negros, em cada arranha-céu há alguém que enlouquece, todos os loucos passam horas nas cornijas, não há puma que não seja criado pelo capricho de uma moça. A cidade é redundante: repete-se para fixar alguma imagem na mente.

Também retorno de Zirma: minha memória contém dirigíveis que voam em todas as direções à altura das janelas, ruas de lojas em que se desenham tatuagens na pele dos marinheiros, trens subterrâneos apinhados de mulheres obesas entregues ao mormaço. Meus companheiros de viagem, por sua vez, juram ter visto somente um dirigível flutuar entre os pináculos da cidade, somente um tatuador dispor agulhas e tintas e desenhos perfurados sobre a sua mesa, somente uma mulher-canhão ventilar-se sobre a plataforma de um vagão. A memória é redundante: repete os símbolos para que a cidade comece a existir.

## *AS CIDADES DELGADAS 1*

Presume-se que Isaura, cidade dos mil poços, esteja situada em cima de um profundo lago subterrâneo. A cidade se estendeu exclusivamente até os lugares em que os habitantes conseguiram extrair água escavando na terra longos buracos verticais: o seu perímetro verdejante reproduz o das margens escuras do lago submerso, uma paisagem invisível condiciona a paisagem visível, tudo o que se move à luz do sol é impelido pelas ondas enclausuradas que quebram sob o céu calcário das rochas.

Em consequência disso, Isaura apresenta duas religiões diferentes. Os deuses da cidade, segundo alguns, vivem nas profundidades, no lago negro que nutre as veias subterrâneas. Segundo outros, os deuses vivem nos baldes que, erguidos pelas cordas, surgem nos parapeitos dos poços, nas roldanas que giram, nos alcatruzes das noras, nas alavancas das bombas, nas pás dos moinhos de vento que puxam a água das escavações, nas torres de andaimes que sustentam a perfuração das sondas, nos reservatórios suspensos por andas no alto dos edifícios, nos estreitos arcos dos aquedutos, em todas as colunas de água, tubos verticais, tranquetas, registros, até alcançar os cata-ventos acima dos andaimes de Isaura, cidade que se move para o alto.

*Enviados para inspecionar as províncias mais remotas, os mensageiros e os arrecadadores de impostos do Grande Khan retornavam pontualmente ao palácio real de Kemenfu e aos jardins de magnólias em cuja sombra Kublai passeava enquanto ouvia os seus longos relatos. Os embaixadores eram persas armênios sírios coptas turcomanos; o imperador é aquele que é estrangeiro para cada um de seus súditos e somente por meio de olhos e ouvidos estrangeiros o império podia manifestar a sua existência para Kublai. Em línguas incompreensíveis para o Khan, os mensageiros referiam notícias ouvidas em línguas que lhes eram incompreensíveis: desse opaco espessar sonoro emergiam as cifras arrecadadas pelo fisco imperial, os nomes e os patronímicos dos funcionários depostos e decapitados, as dimensões dos canais de irrigação que os rios magros nutriam em tempos de seca. Mas, quando o relatório era feito pelo jovem veneziano, entre o imperador e ele estabelecia-se uma comunicação diferente. Recém-chegado e ignorando completamente as línguas do Levante, Marco Polo não podia se exprimir de outra maneira senão com gestos, saltos, gritos de maravilha e de horror, latidos e vozes de animais, ou com objetos que ia extraindo dos alforjes: plumas de avestruz, zarabatanas e quartzos, que dispunha diante de si como peças de xadrez. Ao retornar das missões designadas por Kublai, o engenhoso estrangeiro improvisava pantomimas que o soberano precisava interpretar: uma cidade era assinalada pelo salto de um peixe que escapava do bico de um cormorão para cair numa rede, outra cidade por um homem nu que atravessava o fogo sem se queimar, uma terceira por um crânio que mordia entre os dentes verdes de mofo uma pérola alva e redonda. O Grande Khan decifrava os símbolos, porém a relação entre estes e os lugares visitados restava incerta: nunca sabia se Marco queria representar uma aventura ocorrida durante a viagem, uma façanha do fundador da cidade, a profecia de um astrólogo, um rébus ou uma charada para indicar um nome. Mas, fosse evidente ou obscuro, tudo o que Marco mostrava tinha o poder dos emblemas, que uma vez vistos não podem ser esquecidos ou confundidos. Na mente do Khan, o império correspondia a um deserto de dados lábeis e intercambiáveis, como grãos de areia que formavam, para cada cidade e província, as figuras evocadas pelos logogrifos do veneziano.*

*Com o passar das estações e das missões diplomáticas, Marco adestrou-se na língua tártara e em muitos idiomas de nações e dialetos de tribos. As suas eram as narrativas mais precisas e minuciosas que o Grande Khan podia desejar, e não havia questão ou curiosidade à qual não respondessem. Contudo, cada notícia a respeito de um lugar trazia à mente do imperador o primeiro gesto ou objeto com o qual o lugar fora apresentado por Marco. O novo dado ganhava um sentido daquele emblema e ao mesmo tempo acrescentava um novo sentido ao emblema. O império, pensou Kublai, talvez não passe de um zodíaco de fantasmas da mente.*

*— Quando conhecer todos os emblemas — perguntou Marco —, conseguirei possuir o meu império, finalmente?*

*E o veneziano:*

*— Não creio: nesse dia, Vossa Alteza será um emblema entre os emblemas.*

# 2

— *Os outros embaixadores me advertem a respeito de carestias, concussões, conjuras; ou então me assinalam minas de turquesa novamente descobertas, preços vantajosos nas peles de marta, propostas de fornecimento de lâminas adamascadas. E você?— o Grande Khan perguntou a Polo. — Retornou de países igualmente distantes e tudo o que tem a dizer são os pensamentos que ocorrem a quem toma a brisa noturna na porta de casa. Para que serve, então, viajar tanto?*

*— É noite, estamos sentados nas escadarias do seu palácio, inspire um pouco de vento — respondeu Marco Polo. — Qualquer país que as minhas palavras evoquem será visto de um observatório como o seu, ainda que no lugar do palácio real exista uma aldeia de palafitas e a brisa traga um odor de estuário lamacento.*

*— O meu olhar é de quem está absorto e medita, admito. Mas e o seu? Você atravessa arquipélagos, tundras, cadeias de montanhas. Seria melhor nem sair daqui.*

*O veneziano sabia que, quando Kublai discutia, era para seguir melhor o fio de sua argumentação; e que as suas respostas e objeções encontravam lugar num discurso que ocorria por conta própria na cabeça do Grande Khan. Ou seja, entre eles não havia diferença se questões e soluções eram enunciadas em alta voz ou se cada um dos dois continuava a meditar em silêncio. De fato, estavam mudos, os olhos entreabertos, acomodados em almofadas, balançando nas redes, fumando longos cachimbos de âmbar.*

*Marco Polo imaginava responder (ou Kublai imaginava a sua resposta) que, quanto mais se perdia em bairros desconhecidos de cidades distantes, melhor compreendia as outras cidades que havia atravessado para chegar até lá, e reconstituía as etapas de suas viagens, e aprendia a conhecer o porto de onde havia zarpado, e os lugares familiares de sua juventude, e os arredores de casa, e uma pracinha de Veneza em que corria quando era criança.*

*Neste ponto, Kublai Khan o interrompia ou imaginava interrompê-lo ou Marco Polo imaginava ser interrompido com uma pergunta como:*

*— Você avança com a cabeça voltada para trás? — ou então: — O que você vê está sempre às suas costas? — ou melhor: — A sua viagem só se dá no passado?*

*Tudo isso para que Marco Polo pudesse explicar ou imaginar explicar ou ser imaginado explicando ou finalmente conseguir explicar a si mesmo que aquilo que ele procurava estava diante de si, e, mesmo que se tratasse do passado, era um passado que mudava à medida que ele prosseguia a sua viagem, porque o passado do viajante muda de acordo com o itinerário realizado, não o passado recente ao qual cada dia que passa acrescenta um dia, mas um passado mais remoto. Ao chegar a uma nova cidade, o viajante reencontra um passado que não lembrava existir: a surpresa daquilo que você deixou de ser ou deixou de possuir revela-se nos lugares estranhos, não nos conhecidos.*

*Marco entra numa cidade; vê alguém numa praça que vive uma vida ou um instante que poderiam ser seus; ele podia estar no lugar daquele homem se tivesse parado no tempo tanto tempo atrás, ou então se tanto tempo atrás numa encruzilhada tivesse tomado uma estrada em vez de outra e depois de uma longa viagem se encontrasse no lugar daquele homem e naquela praça. Agora, desse passado real ou hipotético, ele está excluído; não pode parar; deve prosseguir até uma outra cidade em que outro passado aguarda por ele, ou algo que talvez fosse um possível futuro e que agora é o presente de outra pessoa. Os futuros não realizados são apenas ramos do passado: ramos secos.*

*— Você viaja para reviver o seu passado? — era, a esta altura, a pergunta do Khan, que também podia ser formulada da seguinte maneira: — Você viaja para reencontrar o seu futuro?*

*E a resposta de Marco:*

— Os *outros lugares são espelhos em negativo. O viajante reconhece o pouco que é seu descobrindo o muito que não teve e o que não terá.*

## *AS CIDADES E A MEMÓRIA 5*

Em Maurília, o viajante é convidado a visitar a cidade ao mesmo tempo em que observa uns velhos cartões-postais ilustrados que mostram como esta havia sido: a praça idêntica mas com uma galinha no lugar da estação de ônibus, o coreto no lugar do viaduto, duas moças com sombrinhas brancas no lugar da fábrica de explosivos. Para não decepcionar os habitantes, é necessário que o viajante louve a cidade dos cartões-postais e prefira-a à atual, tomando cuidado, porém, em conter seu pesar em relação às mudanças nos limites de regras bem precisas: reconhecendo que a magnificência e a prosperidade da Maurília metrópole, se comparada com a velha Maurília provinciana, não restituem uma certa graça perdida, a qual, todavia, só agora pode ser apreciada através dos velhos cartões-postais, enquanto antes, em presença da Maurília provinciana, não se via absolutamente nada de gracioso, e ver-se-ia ainda menos hoje em dia, se Maurília tivesse permanecido como antes, e que, de qualquer modo, a metrópole tem este atrativo adicional — que mediante o que se tornou pode-se recordar com saudades daquilo que foi.

Evitem dizer que algumas vezes cidades diferentes sucedem-se no mesmo solo e com o mesmo nome, nascem e morrem sem se conhecer, incomunicáveis entre si. Às vezes, os nomes dos habitantes permanecem iguais, e o sotaque das vozes, e até mesmo os traços dos rostos; mas os deuses que vivem com os nomes e nos solos foram embora sem avisar e em seus lugares acomodaram-se deuses estranhos. É inútil querer saber se estes são melhores do que os antigos, dado que não existe nenhuma relação entre eles, da mesma forma que os velhos cartões-postais não representam a Maurília do passado mas uma outra cidade que por acaso também se chamava Maurília.

## *AS CIDADES E O DESEJO 4*

No centro de Fedora, metrópole de pedra cinzenta, há um palácio de metal com uma esfera de vidro em cada cômodo. Dentro de cada esfera, vê-se uma cidade azul que é o modelo para uma outra Fedora. São as formas que a cidade teria podido tomar se, por uma razão ou por outra, não tivesse se tornado o que é atualmente. Em todas as épocas, alguém, vendo Fedora tal como era, havia imaginado um modo de transformá-la na cidade ideal, mas, enquanto construía o seu modelo em miniatura, Fedora já não era mais a mesma de antes e o que até ontem havia sido um possível futuro hoje não passava de um brinquedo numa esfera de vidro.

Agora Fedora transformou o palácio das esferas em museu: os habitantes o visitam, escolhem a cidade que corresponde aos seus desejos, contemplam-na imaginando-se refletidos no aquário de medusas que deveria conter as águas do canal (se não tivesse sido dessecado), percorrendo no alto baldaquino a avenida reservada aos elefantes (agora banidos da cidade), deslizando pela espiral do minarete em forma de caracol (que perdeu a base sobre a qual se erguia).

No atlas do seu império, ó Grande Khan, devem constar tanto a grande Fedora de pedra quanto as pequenas Fedoras das esferas de vidro. Não porque sejam igualmente reais, mas porque são todas supostas. Uma reúne o que é considerado necessário, mas ainda não o é; as outras, o que se imagina possível e um minuto mais tarde deixa de sê-lo.

## *AS CIDADES E OS SÍMBOLOS 3*

Quem viaja sem saber o que esperar da cidade que encontrará ao final do caminho, pergunta-se como será o palácio real, a caserna, o moinho, o teatro, o bazar. Em cada cidade do império, os edifícios são diferentes e dispostos de maneiras diversas: mas, assim que o estrangeiro chega à cidade desconhecida e lança o olhar em meio às cúpulas de pagode e claraboias e celeiros, seguindo o traçado de canais hortos depósitos de lixo, logo distingue quais são os palácios dos príncipes, quais são os templos dos grandes sacerdotes, a taberna, a prisão, a zona. Assim — dizem alguns — confirma-se a hipótese de que cada pessoa tem em mente uma cidade feita exclusivamente de diferenças, uma cidade sem figuras e sem forma, preenchida pelas cidades particulares.

Não é o que acontece em Zoé. Em todos os pontos da cidade, alternadamente, pode-se dormir, fabricar ferramentas, cozinhar, acumular moedas de ouro, despir-se, reinar, vender, consultar oráculos. Qualquer teto em forma de pirâmide pode abrigar tanto o lazareto dos leprosos quanto as termas das odaliscas. O viajante anda de um lado para o outro e enche-se de dúvidas: incapaz de distinguir os pontos da cidade, os pontos que ele conserva distintos na mente se confundem. Chega-se à seguinte conclusão: se a existência em todos os momentos é uma única, a cidade de Zoé é o lugar da existência indivisível. Mas então qual é o motivo da cidade? Qual é a linha que separa a parte de dentro da de fora, o estampido das rodas do uivo dos lobos?

## *AS CIDADES DELGADAS 2*

Agora contarei o que a cidade de Zenóbia tem de extraordinário: embora situada em terreno seco, ergue-se sobre altíssimas palafitas, e as casas são de bambu e de zinco, com muitos bailéus e balcões, postos em diferentes alturas, com andas que superam umas as outras, ligadas por escadas de madeira e passarelas suspensas, transpostas por belvederes cobertos por alpendres cônicos, caixas de reservatórios de água, cata-ventos, desdobrando roldanas, linhas e guindastes.

Não se sabe qual necessidade ou mandamento ou desejo induziu os fundadores de Zenóbia a dar essa forma à cidade, portanto não se sabe se este foi satisfeito pela cidade tal como é atualmente, desenvolvida, talvez, por meio de superposições do indecifrável projeto inicial. Mas o que se sabe com certeza é que, quando se pede a um habitante de Zenóbia que descreva uma vida feliz, ele sempre imagina uma cidade como Zenóbia, com as suas palafitas e escadas suspensas, talvez uma Zenóbia totalmente diferente, desfraldando estandartes e nastros, mas sempre construída a partir de uma combinação de elementos do modelo inicial.

Dito isto, é inútil determinar se Zenóbia deva ser classificada entre as cidades felizes ou infelizes. Não faz sentido dividir as cidades nessas duas categorias, mas em outras duas: aquelas que continuam ao longo dos anos e das mutações a dar forma aos desejos e aquelas em que os desejos conseguem cancelar a cidade ou são por esta cancelados.

## *AS CIDADES E AS TROCAS 1*

A oitenta milhas de distância contra o vento noroeste, atinge-se a cidade de Eufêmia, onde os mercadores de sete nações convergem em todos os solstícios e equinócios. O barco que ali atraca com uma carga de gengibre e algodão zarpará com a estiva cheia de pistaches e sementes de papoula, e a caravana que acabou de descarregar sacas de noz-moscada e uvas-passas agora enfeixa as albardas para o retorno com rolos de musselina dourada. Mas o que leva a subir os rios e atravessar os desertos para vir até aqui não é apenas o comércio das mesmas mercadorias que se encontram em todos os bazares dentro e fora do império do Grande Khan, espalhadas pelo chão nas mesmas esteiras amarelas, à sombra dos mesmos mosquiteiros, oferecidas com os mesmos descontos enganosos. Não é apenas para comprar e vender que se vem a Eufêmia, mas também porque à noite, ao redor das fogueiras em torno do mercado, sentados em sacos ou em barris ou deitados em montes de tapetes, para cada palavra que se diz — como "lobo", "irmã", "tesouro escondido", "batalha", "sarna", "amantes" — os outros contam uma história de lobos, de irmãs, de tesouros, de sarna, de amantes, de batalhas. E sabem que na longa viagem de retorno, quando, para permanecerem acordados bambaleando no camelo ou no junco, puserem-se a pensar nas próprias recordações, o lobo terá se transformado num outro lobo, a irmã numa irmã diferente, a batalha em outras batalhas, ao retornar de Eufêmia, a cidade em que se troca de memória em todos os solstícios e equinócios.

*...Recém-chegado e ignorando totalmente as línguas do Levante, Marco Polo só podia se exprimir extraindo objetos de suas malas: tambores, peixes salgados, colares de dentes de facoqueros e, indicando-os com gestos, saltos, gritos de maravilha ou de horror, ou imitando o latido do chacal e o pio do mocho.*

*Nem sempre as relações entre os diversos elementos da narrativa resultavam claras para o imperador; os objetos podiam significar coisas diferentes: uma fáretra cheia de flechas ora indicava a proximidade de uma guerra, ora uma abundância de caça, ou então a oficina de um armeiro; uma ampulheta podia significar o tempo que passa ou que passou, ou então a areia, ou uma oficina em que se fabricavam ampulhetas.*

*Mas o que Kublai considerava valioso em todos os fatos e notícias referidos por seu inarticulado informante era o espaço que restava em torno deles, um vazio não preenchido por palavras. As descrições das cidades visitadas por Marco Polo tinham esse dom: era possível percorrê-las com o pensamento, era possível se perder, parar para tomar ar fresco ou ir embora rapidamente.*

*Com o passar do tempo, nas narrativas de Marco, as palavras foram substituindo os objetos e os gestos: no início, exclamações, nomes isolados, verbos secos; depois, torneios de palavras, discursos ramificados e frondosos, metáforas e imagens. O estrangeiro aprendera a falar a língua do imperador, ou o imperador a entender a língua do estrangeiro.*

*Mas dir-se-ia que a comunicação entre eles era menos feliz do que no passado: claro que as palavras serviam melhor do que os objetos e os gestos para apontar as coisas mais importantes de cada província ou cidade — monumentos, mercados, trajes, fauna e flora —; todavia, quando Polo começava a dizer como devia ser a vida naqueles lugares, dia após dia, noite após noite, as palavras escasseavam, e pouco a pouco voltava a fazer uso de gestos, caretas, olhares.*

*Assim, para cada cidade, às notícias fundamentais enunciadas com vocábulos precisos, ele acrescentava um comentário mudo, levantando a palma, o dorso ou o lado das mãos, em movimentos retos ou oblíquos, impetuosos ou lentos. Uma nova forma de diálogo estabeleceu-se entre eles: as mãos brancas do Grande Khan, repletas de anéis, respondiam com movimentos compostos os gestos ágeis e nodosos do mercador. Com o aumento do entendimento entre eles, as mãos passaram a assumir posições estáveis, que correspondiam a movimentos do espírito em seu alternar ou repetir. E, enquanto o vocabulário das coisas renovava-se com o mostruário das mercadorias, o repertório dos comentários mudos tendia a se fechar e se estabelecer. O prazer de ambos em recorrer a eles também diminuía; em suas conversas, permaneciam a maior parte do tempo calados e imóveis.*

# 3

*Kublai Khan percebera que as cidades de Marco Polo eram todas parecidas, como se a passagem de uma para a outra não envolvesse uma viagem mas uma mera troca de elementos. Agora, para cada cidade que Marco lhe descrevia, a mente do Grande Khan partia por conta própria, e, desmontando a cidade pedaço por pedaço, ele a reconstruía de outra maneira, substituindo ingredientes, deslocando-os, invertendo-os.*

*Marco, entretanto, continuava a referir a sua viagem, mas o imperador deixara de escutá-lo, interrompendo-o:*

*— De agora em diante, vou descrever as cidades e você verificará se elas realmente existem e se são como eu as imaginei. Em primeiro lugar, gostaria de perguntar a respeito de uma cidade construída em degraus, exposta ao siroco, num golfo em forma de meia-lua. Vou relatar algumas das maravilhas que ela contém: um tanque de vidro alto como uma catedral para acompanhar o nado e o voo das andorinhas e desejar bons augúrios; uma palmeira que toca uma harpa com as folhas ao vento; uma praça contornada por uma mesa de mármore em forma de ferradura, com a toalha também de mármore, preparada com comidas e bebidas inteiramente de mármore.*

*— Você estava distraído. Eu lhe falava justamente dessa cidade quando fui interrompido.*

*— Você a conhece? Onde fica? Como se chama?*

*— Não tem nome nem lugar. Repito a razão pela qual quis descrevê-la: das inúmeras cidades imagináveis, devem-se excluir aquelas em que os elementos se juntam sem um fio condutor, sem um código interno, uma perspectiva, um discurso. É uma cidade igual a um sonho: tudo o que pode ser imaginado pode ser sonhado, mas mesmo o mais inesperado dos sonhos é um quebra-cabeça que esconde um desejo, ou então o seu oposto, um medo. As cidades, como os sonhos, são construídas por desejos e medos, ainda que o fio condutor de seu discurso seja secreto, que as suas regras sejam absurdas, as suas perspectivas enganosas, e que todas as coisas escondam uma outra coisa.*

*— Eu não tenho desejos nem medos — declarou o Khan —, e meus sonhos são compostos pela mente ou pelo acaso.*

*— As cidades também acreditam ser obra da mente ou do acaso, mas nem um nem o outro bastam para sustentar as suas muralhas. De uma cidade, não aproveitamos as suas sete ou setenta e sete maravilhas, mas a resposta que dá às nossas perguntas.*

*— Ou as perguntas que nos colocamos para nos obrigar a responder, como Tebas na boca da Esfinge.*

# *AS CIDADES E O DESEJO 5*

Naquela direção, após seis dias e sete noites, alcança-se Zobeide, cidade branca, bem exposta à luz, com ruas que giram em torno de si mesmas como um novelo. Eis o que se conta a respeito de sua fundação: homens de diferentes nações tiveram o mesmo sonho — viram uma mulher correr de noite numa cidade desconhecida, de costas, com longos cabelos e nua. Sonharam que a perseguiam. Corriam de um lado para o outro, mas ela os despistava. Após o sonho, partiram em busca daquela cidade; não a encontraram, mas encontraram uns aos outros; decidiram construir uma cidade como a do sonho. Na disposição das ruas, cada um refez o percurso de sua perseguição; no ponto em que havia perdido os traços da fugitiva, dispôs os espaços e a muralha diferentemente do que no sonho a fim de que desta vez ela não pudesse escapar.

A cidade era Zobeide, onde se instalaram na esperança de que uma noite a cena se repetisse. Nenhum deles, nem durante o sono nem acordados, reviu a mulher. As ruas da cidade eram aquelas que os levavam para o trabalho todas as manhãs, sem qualquer relação com a perseguição do sonho. Que, por sua vez, tinha sido esquecido havia muito tempo.

Chegaram novos homens de outros países, que haviam tido um sonho como o deles, e na cidade de Zobeide reconheciam algo das ruas do sonho, e mudavam de lugar pórticos e escadas para que o percurso ficasse mais parecido com o da mulher perseguida e para que no ponto em que ela desaparecera não lhe restasse escapatória.

Os recém-chegados não compreendiam o que atraía essas pessoas a Zobeide, uma cidade feia, uma armadilha.

# *AS CIDADES E OS SÍMBOLOS 4*

De todas as mudanças de língua que o viajante deve enfrentar em terras longínquas, nenhuma se compara à que o espera na cidade de Ipásia, porque não se refere às palavras mas às coisas. Uma manhã cheguei a Ipásia. Um jardim de magnólias refletia-se nas lagoas azuis. Caminhava em meio às sebes certo de encontrar belas e jovens damas ao banho: mas, no fundo da água, caranguejos mordiam os olhos dos suicidas com uma pedra amarrada no pescoço e os cabelos verdes de algas.

Senti-me defraudado e fui pedir justiça ao sultão. Subi as escadas de pórfido do palácio que tinha as cúpulas mais altas, atravessei seis pátios de maiólica com chafarizes. A sala central era protegida por barras de ferro: os presidiários com correntes negras nos pés içavam rochas de basalto de uma mina no subsolo.

Só me restava interrogar os filósofos. Entrei na grande biblioteca, perdi-me entre as estantes que despencavam sob o peso de pergaminhos encadernados, segui a ordem alfabética de alfabetos extintos, para cima e para baixo pelos corredores, escadas e pontes. Na mais remota sala de papiros, numa nuvem de fumaça, percebi os olhos imbecilizados de um adolescente deitado numa esteira, que não tirava os lábios de um cachimbo de ópio.

— Onde está o sábio? — O fumador apontou para o lado de fora da janela. Era um jardim com brinquedos para crianças:

os pinos, a gangorra, o pião. O filósofo estava sentado na grama. Disse:

— Os símbolos formam uma língua, mas não aquela que você imagina conhecer.

Compreendi que devia me liberar das imagens que até ali haviam anunciado as coisas que procurava: só então seria capaz de entender a linguagem de Ipásia.

Agora basta ouvir o relincho dos cavalos e o estalo dos chicotes para ser tomado por uma trepidação amorosa: em Ipásia, deve-se entrar nas estrebarias e nos haras para ver belas mulheres montadas nas selas com as coxas nuas e de botas, e que, quando se aproxima um jovem estrangeiro, atiram-no em montes de feno ou de serragem e espremem contra ele os mamilos rijos.

E, quando o meu espírito não pede nenhum outro alimento ou estímulo além da música, sei que esta deve ser procurada nos cemitérios: os músicos se escondem nas tumbas; de uma fossa para outra, replicam trinados de flautas, acordes de harpas.

Sem dúvida também em Ipásia chegará o dia em que o meu único desejo será partir. Sei que não devo descer até o porto mas subir o pináculo mais elevado da cidadela e aguardar a passagem de um navio lá em cima. Algum dia ele passará? Não existe linguagem sem engano.

# *AS CIDADES DELGADAS* *3*

Ignoro se Armila é dessa maneira por ser inacabada ou demolida, se por trás dela existe um feitiço ou um mero capricho. O fato é que não há paredes, nem telhados, nem pavimentos: não há nada que faça com que se pareça com uma cidade, exceto os encanamentos de água, que sobem verticalmente nos lugares em que deveria haver casas e ramificam-se onde deveria haver andares: uma floresta de tubos que terminam em torneiras, chuveiros, sifões, registros. A céu aberto, alvejam lavabos ou banheiras ou outras peças de mármore, como frutas tardias que permanecem penduradas nos galhos. Dir-se-ia que os encanadores concluíram o seu trabalho e foram embora antes da chegada dos pedreiros; ou então as suas instalações, indestrutíveis, haviam resistido a uma catástrofe, terremoto ou corrosão de cupins.

Abandonada antes ou depois de ser habitada, não se pode dizer que Armila seja deserta. A qualquer hora do dia, levantando os olhos através dos encanamentos, não é raro entrever uma ou mais jovens mulheres, esbeltas, de estatura não elevada, estendidas ao sol dentro das banheiras, arqueadas debaixo dos chuveiros suspensos no vazio, fazendo abluções, ou que se enxugam, ou que se perfumam, ou que penteiam os longos cabelos diante do espelho. Ao sol, brilham os filetes de água despejados pelos chuveiros, os jatos das torneiras, os jorros, os borrifos, a espuma nas esponjas.

A explicação a que cheguei é a seguinte: os cursos de água canalizados nos encanamentos de Armila ainda permanecem sob o domínio de ninfas e náiades. Habituadas a percorrer as veias subterrâneas, encontram facilidade em avançar pelo novo reino aquático, irromper nas fontes, descobrir novos espelhos, novos jogos, novas maneiras de desfrutar a água. Pode ser que a invasão delas tenha afastado os homens, ou pode ser que Armila tenha sido construída pelos homens como oferta para cativar a benevolência das ninfas ofendidas pela violação das águas. Seja como for, agora parecem contentes, essas moças: cantam de manhã.

# *AS CIDADES E AS TROCAS 2*

Em Cloé, cidade grande, as pessoas que passam pelas ruas não se reconhecem. Quando se veem, imaginam mil coisas a respeito umas das outras, os encontros que poderiam ocorrer entre elas, as conversas, as surpresas, as carícias, as mordidas. Mas ninguém se cumprimenta, os olhares se cruzam por um segundo e depois se desviam, procuram outros olhares, não se fixam.

Passa uma moça balançando uma sombrinha apoiada no ombro, e um pouco das ancas, também. Passa uma mulher vestida de preto que demonstra toda a sua idade, com os olhos inquietos debaixo do véu e os lábios tremulantes. Passa um gigante tatuado; um homem jovem com os cabelos brancos; uma anã; duas gêmeas vestidas de coral. Corre alguma coisa entre eles, uma troca de olhares como se fossem linhas que ligam uma figura à outra e desenham flechas, estrelas, triângulos, até esgotar num instante todas as combinações possíveis, e outras personagens entram em cena: um cego com um guepardo na coleira, uma cortesã com um leque de penas de avestruz, um efebo, uma mulher-canhão. Assim, entre aqueles que por acaso procuram abrigo da chuva sob o pórtico, ou aglomeram-se sob uma tenda do bazar, ou param para ouvir a banda na praça, consumam-se encontros, seduções, abraços, orgias, sem que se troque uma palavra, sem que se toque um dedo, quase sem levantar os olhos.

Existe uma contínua vibração luxuriosa em Cloé, a mais casta das cidades. Se os homens e as mulheres começassem a viver os seus sonhos efêmeros, todos os fantasmas se tornariam reais e começaria uma história de perseguições, de ficções, de desentendimentos, de choques, de opressões, e o carrossel das fantasias teria fim.

# *AS CIDADES E OS OLHOS 1*

Os antigos construíram Valdrada à beira de um lago com casas repletas de varandas sobrepostas e com ruas suspensas sobre a água desembocando em parapeitos balaustrados. Deste modo, o viajante ao chegar depara-se com duas cidades: uma perpendicular sobre o lago e a outra refletida de cabeça para baixo. Nada existe e nada acontece na primeira Valdrada sem que se repita na segunda, porque a cidade foi construída de tal modo que cada um de seus pontos fosse refletido por seu espelho, e a Valdrada na água contém não somente todas as acanaladuras e relevos das fachadas que se elevam sobre o lago mas também o interior das salas com os tetos e os pavimentos, a perspectiva dos corredores, os espelhos dos armários.

Os habitantes de Valdrada sabem que todos os seus atos são simultaneamente aquele ato e a sua imagem especular, que possui a especial dignidade das imagens, e essa consciência impede--os de abandonar-se ao acaso e ao esquecimento mesmo que por um único instante. Quando os amantes com os corpos nus rolam pele contra pele à procura da posição mais prazerosa ou quando os assassinos enfiam a faca nas veias escuras do pescoço e quanto mais a lâmina desliza entre os tendões mais o sangue escorre, o que importa não é tanto o acasalamento ou o degolamento mas o acasalamento e o degolamento de suas imagens límpidas e frias no espelho.

Às vezes o espelho aumenta o valor das coisas, às vezes anula. Nem tudo o que parece valer acima do espelho resiste a si próprio refletido no espelho. As duas cidades gêmeas não são iguais, porque nada do que acontece em Valdrada é simétrico: para cada face ou gesto, há uma face ou gesto correspondente invertido ponto por ponto no espelho. As duas Valdradas vivem uma para a outra, olhando-se nos olhos continuamente, mas sem se amar.

*O Grande Khan sonhou com uma cidade — descreveu-a para Marco Polo:*

*— O porto é aberto na parte setentrional, à sombra. O cais é alto e a água escura bate contra os muros, que apresentam escadas de pedra escorregadias por causa das algas. Barcos untados de piche aguardam no atracadouro os parentes que retardam a partida despedindo-se dos familiares. As despedidas se dão em silêncio mas com lágrimas. Faz frio; todos usam xales na cabeça. Um chamado do marinheiro interrompe a espera; o viajante aninha-se na proa, afasta-se observando os que permaneceram; já não se distingue o traçado da costa; há neblina; o barco atraca a um navio ancorado; uma figura encolhida sobe as escadas; desaparece; ouve-se o som da corrente enferrujada que raspa no escovém. Os que permaneceram debruçam-se nos bastiões sobre os recifes do molhe para acompanhar o navio até que este dobre o cabo; agitam pela última vez os lenços brancos.*

*— Ponha-se em viagem, explore todas as costas e procure essa cidade — diz o Khan para Marco. — Depois volte para me dizer se o meu sonho corresponde à realidade.*

*— Perdão, meu senhor, sem dúvida cedo ou tarde embarcarei nesse molhe — diz Marco —, mas não voltarei para referi-lo. A cidade existe e possui um segredo muito simples: só conhece partidas e não retornos.*

# 4

*Os lábios comprimidos contra o tubo de âmbar do cachimbo, a barba esmagada pela gargantilha de ametista, os dedões do pé nervosamente dobrados dentro dos chinelos de seda, Kublai Khan ouvia os relatórios de Marco Polo sem se mover. Era uma daquelas noites em que um vapor hipocondríaco premia o seu coração.*

*— As suas cidades não existem. Talvez nunca tenham existido. Certamente não existirão nunca mais. Por que enganar-se com essas fábulas consolatórias? Sei perfeitamente que o meu império apodrece como um cadáver no pântano, que contagia tanto os corvos que o bicam quanto os bambus que crescem adubados por seu corpo em decomposição. Por que você não me fala disso? Por que mentir para o imperador dos tártaros, estrangeiro?*

*Polo reiterava o mau humor do soberano.*

*— Sim, o império está doente e, o que é pior, procura habituar-se às suas doenças. O propósito das minhas explorações é o seguinte: perscrutando os vestígios de felicidade que ainda se entreveem, posso medir o grau de penúria. Para descobrir quanta escuridão existe em torno, é preciso concentrar o olhar nas luzes fracas e distantes.*

*Outras vezes, o Khan era acometido por sobressaltos de euforia. Ficava de pé sobre as almofadas, media com longas pas-*

*sadas os tapetes estendidos sobre os canteiros, debruçava-se nos balaústres dos terraços para abranger com os olhos deslumbrados a extensão dos jardins do palácio real iluminados por lanternas penduradas nos cedros.*

*— Todavia — dizia —, sei que o meu império é feito com a matéria dos cristais, e agrega as suas moléculas seguindo um desenho perfeito. Em meio à ebulição dos elementos, toma corpo um diamante esplêndido e duríssimo, uma imensa montanha lapidada e transparente. Por que as suas impressões de viagem se detêm em aparências ilusórias e não colhem esse processo irredutível? Por que perder tempo com melancolias não essenciais? Por que esconder do imperador a grandeza de seu destino?*

*E Marco:*

*— Ao passo que mediante o seu gesto as cidades erguem muralhas perfeitas, eu recolho as cinzas das outras cidades possíveis que desaparecem para ceder-lhe o lugar e que agora não poderão ser nem reconstruídas nem recordadas. Somente conhecendo o resíduo da infelicidade que nenhuma pedra preciosa conseguirá ressarcir é que se pode computar o número exato de quilates que o diamante final deve conter, para não exceder o cálculo do projeto inicial.*

## *AS CIDADES E OS SÍMBOLOS 5*

Você sabe melhor do que ninguém, sábio Kublai, que jamais se deve confundir uma cidade com o discurso que a descreve. Contudo, existe uma ligação entre eles. Se descrevo Olí-via, cidade rica de mercadorias e de lucros, o único modo de representar a sua prosperidade é falar dos palácios de filigranas com almofadas franjadas nos parapeitos dos bífores; uma girândola d'água num pátio protegido por uma grade rega o gramado em que um pavão branco abre a cauda em leque. Mas, a partir desse discurso, é fácil compreender que Olívia é envolta por uma nuvem de fuligem e gordura que gruda na parede das casas; que, na aglomeração das ruas, os guinchos manobram comprimindo os pedestres contra os muros. Se devo descrever a operosidade dos habitantes, falo das selarias com cheiro de couro, das mulheres que tagarelam enquanto entrelaçam tapetes de ráfia, dos canais suspensos cujas cascatas movem as pás dos moinhos: mas a imagem que essas palavras evocam na sua iluminada consciência é o movimento que leva o mandril até os dentes da engrenagem repetido por milhares de mãos milhares de vezes nos tempos previstos para cada turno. Se devo explicar como o espírito de Olívia tende para uma vida livre e um alto grau de civilização, falarei das mulheres que navegam de noite cantando em canoas iluminadas entre as margens de um estuário verde; mas isso serve apenas para recordar que, nos subúrbios em que homens e mulheres desembarcam todas as noites como fileiras de sonâmbulos, sempre existe quem começa a gargalhar na escuridão, dá vazão às piadas e aos sarcasmos.

Pode ser que isto você não saiba: que para falar de Olívia eu não poderia fazer outro discurso. Se de fato existisse uma Olívia de bífores e pavões, de seleiros e tecelãs de tapetes e canoas e estuários, seria um mero buraco negro de moscas, e para descrevê-la eu teria de utilizar as metáforas da fuligem, dos chiados de rodas, dos movimentos repetidos, dos sarcasmos. A mentira não está no discurso, mas nas coisas.

## *AS CIDADES DELGADAS 4*

A cidade de Sofrônia é composta de duas meias cidades. Na primeira, encontra-se a grande montanha-russa de ladeiras vertiginosas, o carrossel de raios formados por correntes, a roda--gigante com cabinas giratórias, o globo da morte com motociclistas de cabeça para baixo, a cúpula do circo com os trapézios amarrados no meio. A segunda meia cidade é de pedra e mármore e cimento, com o banco, as fábricas, os palácios, o matadouro, a escola e todo o resto. Uma das meias cidades é fixa, a outra é provisória e, quando termina a sua temporada, é desparafusada, desmontada e levada embora, transferida para os terrenos baldios de outra meia cidade.

Assim, todos os anos chega o dia em que os pedreiros destacam os frontões de mármore, desmoronam os muros de pedra, os pilares de cimento, desmontam o ministério, o monumento, as docas, a refinaria de petróleo, o hospital, carregam os guinchos para seguir de praça em praça o itinerário de todos os anos. Permanece a meia Sofrônia dos tiros ao alvo e dos carrosséis, com o grito suspenso do trenzinho da montanha-russa de ponta-cabeça, e começa-se a contar quantos meses, quantos dias se deverão esperar até que a caravana retorne e a vida inteira recomece.

# *AS CIDADES E AS TROCAS 3*

Ao entrar no território que tem Eutrópia como capital, o viajante não vê uma mas muitas cidades, todas do mesmo tamanho e não dessemelhantes entre si, espalhadas por um vasto e ondulado planalto. Eutrópia não é apenas uma dessas cidades mas todas juntas; somente uma é habitada, as outras são desertas; e isso se dá por turnos. Explico de que maneira. No dia em que os habitantes de Eutrópia se sentem acometidos pelo tédio e ninguém mais suporta o próprio trabalho, os parentes, a casa e a rua, os débitos, as pessoas que devem cumprimentar ou que os cumprimentam, nesse momento todos os cidadãos decidem deslocar-se para a cidade vizinha que está ali à espera, vazia e como se fosse nova, onde cada um escolherá um outro trabalho, uma outra mulher, verá outras paisagens ao abrir as janelas, passará as noites com outros passatempos amizades impropérios. Assim as suas vidas se renovam de mudança em mudança, através de cidades que pela exposição ou pela pendência ou pelos cursos de água ou pelos ventos apresentam-se com alguma diferença entre si. Uma vez que a sua sociedade é organizada sem grandes diferenças de riqueza ou de autoridade, as passagens de uma função para a outra ocorrem quase sem atritos; a variedade é assegurada pelas múltiplas incumbências, tantas que no espaço de uma vida raramente retornam para um trabalho que já lhes pertenceu.

Deste modo a cidade repete uma vida idêntica deslocando--se para cima e para baixo em seu tabuleiro vazio. Os habitantes voltam a recitar as mesmas cenas com atores diferentes, contam as mesmas anedotas com diferentes combinações de palavras; escancaram as bocas alternadamente com bocejos iguais. Única entre todas as cidades do império, Eutrópia permanece idêntica a si mesma. Mercúrio, deus dos volúveis, patrono da cidade, cumpriu esse ambíguo milagre.

# *AS CIDADES E OS OLHOS 2*

É o humor de quem a olha que dá a forma à cidade de Zemrude. Quem passa assobiando, com o nariz empinado por causa do assobio, conhece-a de baixo para cima: parapeitos, cortinas ao vento, esguichos. Quem caminha com o queixo no peito, com as unhas fincadas nas palmas das mãos, cravará os olhos à altura do chão, dos córregos, das fossas, das redes de pesca, da papelada. Não se pode dizer que um aspecto da cidade seja mais verdadeiro do que o outro, porém ouve-se falar da Zemrude de cima sobretudo por parte de quem se recorda dela ao penetrar na Zemrude de baixo, percorrendo todos os dias as mesmas ruas e reencontrando de manhã o mau humor do dia anterior incrustado ao pé dos muros. Cedo ou tarde chega o dia em que abaixamos o olhar para os tubos dos beirais e não conseguimos mais distingui-los da calçada. O caso inverso não é impossível, mas é mais raro: por isso, continuamos a andar pelas ruas de Zemrude com os olhos que agora escavam até as adegas, os alicerces, os poços.

# *AS CIDADES E O NOME 1*

Não saberia dizer nada a respeito de Aglaura além das coisas que os próprios habitantes da cidade sempre repetem: uma série de virtudes proverbiais, de defeitos igualmente proverbiais, algumas extravagâncias, algumas inflexíveis observâncias às regras. Antigos observadores — e não existe razão para crer que sejam inverídicos — atribuíram a Aglaura um constante sortimento de qualidades, comparando-as, claro, às de outras cidades da época. Pode ser que nem a Aglaura que se descreve nem a Aglaura que se vê tenham mudado muito desde então, mas o que era estranho tornou-se habitual, excêntrico o que se considerava a norma, e as virtudes e os defeitos perderam excelência ou desdouro num ajuste de virtudes e defeitos distribuídos de maneira diferente. Deste modo, nada do que se diz a respeito de Aglaura é verdadeiro, contudo permite captar uma imagem sólida e compacta de cidade, enquanto os juízos esparsos de quem vive ali alcançam menor consistência. O resultado é o seguinte: a cidade que dizem possui grande parte do que é necessário para existir, enquanto a cidade que existe em seu lugar existe menos.

Portanto, se quisesse descrever Aglaura limitando-me ao que vi e experimentei pessoalmente, deveria dizer que é uma cidade apagada, sem personalidade, colocada ali quase por acaso. Mas nem isso seria verdadeiro: em certas horas, em certas ruas, surge a suspeita de que ali há algo de inconfundível, de raro, talvez até de magnífico; sente-se o desejo de descobrir o que é, mas tudo o que se disse sobre Aglaura até agora aprisiona as palavras e obriga a rir em vez de falar.

Por isso, os habitantes sempre imaginam habitar numa Aglaura que só cresce em função do nome Aglaura e não se dão conta da Aglaura que cresce sobre o solo. E mesmo para mim, que gostaria de conservar as duas cidades distintas na mente, não resta alternativa senão falar de uma delas, porque a lembrança da outra, na ausência de palavras para fixá-la, perdeu-se.

*— De agora em diante, começarei a descrever as cidades — dissera Khan. — Nas suas viagens, você verificará se elas existem.*

*Mas as cidades visitadas por Marco Polo eram sempre diferentes das imaginadas pelo imperador.*

*— Entretanto, construí na minha mente um modelo de cidade do qual extrair todas as cidades possíveis — disse Kublai. — Ele contém tudo o que vai de acordo com as normas. Uma vez que as cidades que existem se afastam da norma em diferentes graus, basta prever as exceções à regra e calcular as combinações mais prováveis.*

*— Eu também imaginei um modelo de cidade do qual extraio todas as outras — respondeu Marco. — É uma cidade feita só de exceções, impedimentos, contradições, incongruências, contrassensos. Se uma cidade assim é o que há de mais improvável, diminuindo o número dos elementos anormais aumenta a probabilidade de que a cidade realmente exista. Portanto, basta subtrair as exceções ao meu modelo e em qualquer direção que eu vá sempre me encontrarei diante de uma cidade que, apesar de sempre por causa das exceções, existe. Mas não posso conduzir a minha operação além de um certo limite: obteria cidades verossímeis demais para serem verdadeiras.*

# 5

*Da alta balaustrada do palácio real, o Grande Khan observa o crescimento do império. Primeiro, as fronteiras haviam se dilatado englobando os territórios conquistados, mas o avanço dos regimentos encontrava regiões semidesertas, combalidas aldeias de cabanas, aguaçais em que o arroz crescia mal, populações magras, rios secos, miséria. "É hora de o meu império, crescido demais em direção ao exterior", pensava Khan, "começar a crescer para o interior", e sonhava bosques de romãs maduras com as cascas partidas, zebus assados no espeto gotejando gordura, veias metalíferas que manam desmoronamentos de pepitas cintilantes.*

*Agora, muitas estações abundantes abarrotaram os celeiros. A cheia dos rios arrastou florestas de traves destinadas a sustentar tetos de bronze de templos e palácios. Caravanas de escravos deslocaram montanhas de mármore serpentino através do continente. O Grande Khan contempla um império recoberto de cidades que pesam sobre o solo e sobre os homens, apinhado de riquezas e de obstruções, sobrecarregado de ornamentos e incumbências, complicado por mecanismos e hierarquias, inchado, rijo, denso.*

*"É o seu próprio peso que está esmagando o império", pensa Kublai, e em seus sonhos agora aparecem cidades leves como pipas, cidades esburacadas como rendas, cidades transparentes*

*como mosquiteiros, cidades-fibra-de-folha, cidades-linha-da--mão, cidades-filigrana que se veem através de sua espessura opaca e fictícia.*

*— Conto o que sonhei esta noite — disse a Marco. — Em meio a uma terra plana e amarela, salpicada de meteoritos e massas erráticas, vi erguerem-se a distância as extremidades de uma cidade de pináculos tênues, feitas de modo que a lua em sua viagem possa pousar ora num pináculo ora noutro ou oscilar pendurada nos cabos dos guindastes.*

*E Polo:*

*— A cidade que você sonhou é Lalage. Os habitantes dispuseram esses convites a uma parada no céu noturno para que a lua permita a cada coisa da cidade crescer e recrescer indefinidamente.*

*— Há algo que você não sabe — acrescentou o Khan. — Agradecida, a lua concedeu à cidade de Lalage um privilégio ainda mais raro: crescer com leveza.*

## *AS CIDADES DELGADAS 5*

Se quiserem acreditar, ótimo. Agora contarei como é feita Otávia, cidade-teia-de-aranha. Existe um precipício no meio de duas montanhas escarpadas: a cidade fica no vazio, ligada aos dois cumes por fios e correntes e passarelas. Caminha-se em trilhos de madeira, atentando para não enfiar o pé nos intervalos, ou agarra-se aos fios de cânhamo. Abaixo não há nada por centenas e centenas de metros: passam algumas nuvens; mais abaixo, entrevê-se o fundo do desfiladeiro.

Essa é a base da cidade: uma rede que serve de passagem e sustentáculo. Todo o resto, em vez de se elevar, está pendurado para baixo: escadas de corda, redes, casas em forma de saco, varais, terraços com a forma de navetas, odres de água, bicos de gás, assadeiras, cestos pendurados com barbantes, monta-cargas, chuveiros, trapézios e anéis para jogos, teleféricos, lampadários, vasos com plantas de folhagem pendente.

Suspensa sobre o abismo, a vida dos habitantes de Otávia é menos incerta que a de outras cidades. Sabem que a rede não resistirá mais que isso.

## *AS CIDADES E AS TROCAS 4*

Em Ercília, para estabelecer as ligações que orientam a vida da cidade, os habitantes estendem fios entre as arestas das casas, brancos ou pretos ou cinza ou pretos e brancos, de acordo com as relações de parentesco, troca, autoridade, representação. Quando os fios são tantos que não se pode mais atravessar, os habitantes vão embora: as casas são desmontadas; restam apenas os fios e os sustentáculos dos fios.

Do costado de um morro, acampados com os móveis de casa, os prófugos de Ercília olham para o enredo de fios estendidos e os postes que se elevam na planície. Aquela continua a ser a cidade de Ercília, e eles não são nada.

Reconstroem Ercília em outro lugar. Tecem com os fios uma figura semelhante, mas gostariam que fosse mais complicada e ao mesmo tempo mais regular do que a outra. Depois a abandonam e transferem-se juntamente com as casas para ainda mais longe.

Deste modo, viajando-se no território de Ercília, depara-se com as ruínas de cidades abandonadas, sem as muralhas que não duram, sem os ossos dos mortos que rolam com o vento: teias de aranha de relações intricadas à procura de uma forma.

## *AS CIDADES E OS OLHOS 3*

Depois de marchar por sete dias através das matas, quem vai a Bauci não percebe que já chegou. As finas andas que se elevam do solo a grande distância uma da outra e que se perdem acima das nuvens sustentam a cidade. Sobe-se por escadas. Os habitantes raramente são vistos em terra: têm todo o necessário lá em cima e preferem não descer. Nenhuma parte da cidade toca o solo exceto as longas pernas de flamingo nas quais ela se apoia, e, nos dias luminosos, uma sombra diáfana e angulosa que se reflete na folhagem.

Há três hipóteses a respeito dos habitantes de Bauci: que odeiam a terra; que a respeitam a ponto de evitar qualquer contato; que a amam da forma que era antes de existirem e com binóculos e telescópios apontados para baixo não se cansam de examiná-la, folha por folha, pedra por pedra, formiga por formiga, contemplando fascinados a própria ausência.

# *AS CIDADES E O NOME 2*

Deuses de duas espécies protegem a cidade de Leandra. São tão pequenos que não se consegue vê-los e tão numerosos que é impossível contá-los. Os primeiros vivem nas portas das casas, na parte de dentro, perto do cabideiro e do porta-guarda--chuvas; nas mudanças, acompanham as famílias e instalam-se na nova moradia no momento da entrega das chaves. Os outros vivem na cozinha, escondem-se de preferência sob as panelas, ou na lareira, ou no armário das vassouras: fazem parte da casa e, quando a família que habitava ali vai embora, permanecem com os novos inquilinos; talvez já estivessem ali antes da existência da casa, no meio do mato do terreno, escondidos numa lata enferrujada; se a casa é demolida e em seu lugar se constrói um prédio para cinquenta famílias, multiplicam-se e ocupam a cozinha de igual número de apartamentos. Para distingui-los, chamaremos os primeiros de Penates e os segundos de Lares.

Dentro de uma casa, não se pode dizer que os Lares estejam sempre com os Lares e os Penates com os Penates: frequentam-se, passeiam juntos nas cornijas de estuque, nos tubos do termossifão, comentam os fatos da família, discutem com facilidade, mas também podem se dar bem por anos; ao vê-los reunidos, não se distingue qual é um e qual é outro. Os Lares viram passar por suas casas Penates das mais variadas proveniências e costumes; aos Penates, cabe disputar aos cotovelos um lugar ao lado dos formalíssimos Lares de ilustres palácios decadentes ou com os Lares suscetíveis e desconfiados de casebres de latão.

A verdadeira essência de Leandra é argumento para intermináveis discussões. Os Penates acreditam ser o espírito da cidade, mesmo se chegaram no ano anterior, e que levam Leandra consigo quando emigram. Os Lares consideram os Penates hóspedes provisórios, inoportunos, invasivos; a verdadeira Leandra é a deles, que dá forma a tudo o que contém, a Leandra que estava ali antes da chegada desses intrusos e que restará depois que todos partirem.

Eles têm em comum o seguinte: sobre o que acontece na família e na cidade, sempre encontram motivo para rir, os Penates zombando dos velhos, dos bisnonos, dos tios-avós, da família de então; os Lares de como era o ambiente antes que fosse arruinado. Mas não se pode dizer que vivem apenas de recordações: fantasiam projetos sobre a carreira das crianças quando crescerem (os Penates), sobre como poderia se transformar aquela casa ou aquela zona (os Lares) se estivesse em boas mãos. Prestando atenção nas casas de Leandra, especialmente à noite, ouve-se o intenso tagarelar, as repreensões, as trocas de motejos, bufos, risadinhas irônicas.

## *AS CIDADES E OS MORTOS 1*

Em Melânia, todas as vezes que se vai à praça, encontra-se um pedaço de diálogo: o soldado jactancioso e o parasita, ao saírem por uma porta, encontram o jovem esbanjador e a meretriz; ou, então, o pai avarento, da soleira, dá as últimas recomendações à filha amorosa e é interrompido pelo servo idiota que vai entregar um bilhete à alcoviteira. Anos depois, retorna-se a Melânia e reencontra-se a continuação do mesmo diálogo; neste ínterim, morreram o parasita, a alcoviteira, o pai avarento; mas o soldado jactancioso, a filha amorosa e o servo idiota assumiram os seus lugares, substituídos, por sua vez, pelo hipócrita, pela confidente, pelo astrólogo.

A população de Melânia se renova: os dialogadores morrem um após o outro, entretanto nascem aqueles que assumirão os seus lugares no diálogo, uns num papel, uns em outro. Quando alguém muda de papel ou abandona a praça para sempre ou entra nela pela primeira vez, verificam-se mudanças em cadeia, até que todos os papéis sejam novamente distribuídos; mas enquanto isso ao velho irado continua a retorquir a camareira espirituosa, o usurário não para de perseguir o jovem deserdado, a nutriz de consolar a enteada, apesar de que nenhum deles conserva os olhos e a voz da cena precedente.

Às vezes acontece de um único dialogador manter simultaneamente dois ou mais papéis: tirano, benfeitor, mensageiro, ou de um papel ser duplicado, multiplicado, atribuído a cem, a mil habitantes de Melânia: três mil para o papel de hipócrita, trinta mil para o de embusteiro, cem mil filhos de reis desventurados que aguardam o devido reconhecimento.

Com o passar do tempo, os papéis não são mais exatamente os mesmos de antes; sem dúvida a ação que estes levam adiante por meio de intrigas e reviravoltas conduz a algum tipo de desfecho final, que continua a se aproximar mesmo quando a intriga parece complicar-se cada vez mais e os obstáculos parecem aumentar. Quem comparece à praça em momentos consecutivos nota que o diálogo muda de ato em ato, ainda que a vida dos habitantes de Melânia seja breve demais para que possam percebê-lo.

*Marco Polo descreve uma ponte, pedra por pedra.*

*— Mas qual é a pedra que sustenta a ponte? — pergunta Kublai Khan.*

*— A ponte não é sustentada por esta ou aquela pedra — responde Marco —, mas pela curva do arco que estas formam.*

*Kublai Khan permanece em silêncio, refletindo. Depois acrescenta:*

*— Por que falar das pedras? Só o arco me interessa.*

*Polo responde:*

*— Sem pedras o arco não existe.*

# 6

*— Já aconteceu de você ver uma cidade semelhante a esta? — Kublai perguntava a Marco Polo estendendo a mão cheia de anéis para fora do baldaquino de seda do bucentauro imperial, apontando para as pontes arqueadas sobre os canais, os palácios principescos com umbrais de mármore imersos na água, o vaivém de pequenos barcos que giram em zigue-zague movidos por longos remos, as chatas que descarregam cestas de hortaliças nas praças dos mercados, os balcões, os terraços, as cúpulas, os campanários, os jardins das ilhas que verdejam o cinza da laguna.*

*O imperador, acompanhado de seu dignitário estrangeiro, visitava Quinsai, antiga capital de dinastias destronadas, última pérola engastada na coroa do Grande Khan.*

*— Não, sire — respondeu Marco —, jamais poderia imaginar que existisse uma cidade parecida com esta.*

*O imperador tentou perscrutar o seu olhar. O estrangeiro abaixou os olhos. Kublai permaneceu em silêncio o dia todo.*

*Após o pôr do sol, nos terraços do palácio real, Marco Polo expunha ao soberano o resultado de suas missões diplomáticas. Normalmente, o Grande Khan concluía as suas noites saboreando essas narrações com os olhos entreabertos até que o seu primeiro bocejo desse o sinal para que o cortejo de pajens acendesse os fachos para conduzir o soberano ao Pavilhão do Sono Augusto. Mas desta vez Kublai não parecia disposto a ceder à fadiga.*

*— Fale-me de outra cidade — insistia.*

*— ...O viajante põe-se a caminho e cavalga por três jornadas entre o vento nordeste e o noroeste... — prosseguia Marco, e relatava nomes e costumes e comércios de um grande número de terras. Podia-se dizer que o seu repertório era inexaurível, mas desta vez foi ele quem se rendeu. Ao amanhecer, disse: — Sire, já falei de todas as cidades que conheço.*

*— Resta uma que você jamais menciona.*

*Marco Polo abaixou a cabeça.*

*— Veneza — disse o Khan.*

*Marco sorriu.*

*— E de que outra cidade imagina que eu estava falando?*

*O imperador não se afetou.*

*— No entanto, você nunca citou o seu nome.*

*E Polo:*

*— Todas as vezes que descrevo uma cidade digo algo a respeito de Veneza.*

*— Quando pergunto das outras cidades, quero que você me fale a respeito delas. E de Veneza quando pergunto a respeito de Veneza.*

*— Para distinguir as qualidades das outras cidades, devo partir de uma primeira que permanece implícita. No meu caso, trata-se de Veneza.*

*— Então você deveria começar a narração de suas viagens do ponto de partida, descrevendo Veneza inteira, ponto por ponto, sem omitir nenhuma das recordações que você tem dela.*

*A água do lago estava encrespada; o reflexo dos ramos do antigo palácio real dos Sung fragmentava-se em reverberações cintilantes como folhas que flutuam.*

*— As margens da memória, uma vez fixadas com palavras, cancelam-se — disse Polo. — Pode ser que eu tenha medo de repentinamente perder Veneza, se falar a respeito dela. Ou pode ser que, falando de outras cidades, já a tenha perdido pouco a pouco.*

# *AS CIDADES E AS TROCAS 5*

Em Esmeraldina, cidade aquática, uma rede de canais e uma rede de ruas sobrepõe-se e entrecruza-se. Para ir de um lugar a outro, pode-se sempre escolher entre o percurso terrestre e o de barco: e, como em Esmeraldina a linha mais curta entre dois pontos não é uma reta mas um zigue-zague que se ramifica em tortuosas variantes, os caminhos que se abrem para o transeunte não são dois mas muitos, e aumentam ainda mais para quem alterna trajetos de barco e trasbordos em terra firme.

Deste modo, os habitantes de Esmeraldina são poupados do tédio de percorrer todos os dias os mesmos caminhos. E não é tudo: a rede de trajetos não é disposta numa única camada; segue um sobe e desce de escadas, bailéus, pontes arqueadas, ruas suspensas. Combinando segmentos dos diversos percursos elevados ou de superfície, os habitantes se dão o divertimento diário de um novo itinerário para ir aos mesmos lugares. Em Esmeraldina, mesmo as vidas mais rotineiras e tranquilas transcorrem sem se repetir.

A maiores constrições estão expostas, como em todos os lugares, as vidas secretas e aventurosas. Os gatos de Esmeraldina, os ladrões, os amantes clandestinos, locomovem-se pelas ruas mais elevadas e descontínuas, saltando de um telhado para o outro, descendo de uma sacada para uma varanda, contornando beirais com passo de equilibrista. Mais abaixo, os ratos correm nas escuras cloacas, um atrás do rabo do outro, juntamente com os conspiradores e os contrabandistas: espreitam através de fossos e esgotos, escapam por interstícios e vielas, arrastam de um esconderijo para o outro cascas de queijo, mercadorias ilícitas e barris de pólvora, atravessam a compacta cidade perfurada pela rede de covas subterrâneas.

Um mapa de Esmeraldina deveria conter, assinalados com tintas de diferentes cores, todos esses trajetos, sólidos ou líquidos, patentes ou escondidos. Mas é difícil fixar no papel os caminhos das andorinhas, que cortam o ar acima dos telhados, perfazem parábolas invisíveis com as asas rígidas, desviam-se para engolir um mosquito, voltam a subir em espiral rente a um pináculo, sobranceiam todos os pontos da cidade de cada ponto de suas trilhas aéreas.

## *AS CIDADES E OS OLHOS 4*

Ao chegar a Fílide, tem-se o prazer de observar quantas pontes diferentes entre si atravessam os canais: pontes arqueadas, cobertas, sobre pilares, sobre barcos, suspensas, com os parapeitos perfurados; quantas variedades de janelas apresentam-se diante das ruas: bífores, mouriscas, lanceoladas, ogivais, com meias-luas e florões sobrepostos; quantas espécies de pavimento cobrem o chão: de pedregulhos, de lajotas, de saibro, de pastilhas brancas e azuis. Em todos os pontos, a cidade oferece surpresas para os olhos: um cesto de alcaparras que surge na muralha da fortaleza, as estátuas de três rainhas numa mísula, uma cúpula em forma de cebola com três pequenas cebolas introduzidas em sua extremidade. "Feliz é aquele que todos os dias tem Fílide ao alcance dos olhos e nunca acaba de ver as coisas que ela contém", exclama-se, triste por ter de deixar a cidade depois de tê-la olhado apenas de relance.

Sucede, no entanto, de permanecer em Fílide e passar ali o resto dos dias. A cidade logo se desbota, apagam-se os florões, as estátuas sobre as mísulas, as cúpulas. Como todos os habitantes de Fílide, anda-se por linhas em zigue-zague de uma rua para a outra, distingue-se entre zonas de sol e zonas de sombra, uma porta aqui, uma escada ali, um banco para apoiar o cesto, uma valeta onde tropeça quem não toma cuidado. Todo o resto da cidade é invisível. Fílide é um espaço em que os percursos são traçados entre pontos suspensos no vazio, o caminho mais curto para alcançar a tenda daquele comerciante evitando o guichê daquele credor. Os passos seguem não o que se encontra fora do alcance dos olhos mas dentro, sepultado e cancelado: se entre dois pórticos um continua a parecer mais alegre é porque trinta anos atrás ali passava uma moça de largas mangas bordadas, ou então é apenas porque a uma certa hora do dia recebe uma luz como a daquele pórtico de cuja localização não se recorda mais.

Milhões de olhos erguem-se diante de janelas pontes alcaparras e é como se examinassem uma página em branco. Muitas são as cidades como Fílide que evitam os olhares, exceto quando pegas de surpresa.

# *AS CIDADES E O NOME 3*

Por longo tempo, Pirra foi para mim uma cidade encastelada nas encostas de um golfo, com amplas janelas e torres, fechada como uma taça, com uma praça em seu centro profunda como um poço e com um poço em seu centro. Nunca a tinha visto. Era uma das tantas cidades que nunca visitara, que imaginava somente a partir do nome: Eufrásia, Odila, Margara, Getúlia. Pirra era uma delas, diferente de todas as outras, assim como cada uma delas era inconfundível para os olhos da minha mente.

Chegou o dia em que as minhas viagens me conduziram a Pirra. Logo que coloquei os pés na cidade, tudo o que imaginava foi esquecido; Pirra tornara-se aquilo que é Pirra; e imaginei que sempre soubera que a cidade não tinha vista para o mar, escondido atrás de uma duna baixa e ondulada; que as suas ruas correm em linha reta; que as casas são reagrupadas em intervalos, não altas, e são separadas por descampados de depósitos de madeira e serrarias; que o vento move os cata-ventos das bombas hidráulicas. Daquele momento em diante, o nome Pirra evoca essa vista, essa luz, esse zumbido, esse ar no qual paira uma poeira amarelada: é evidente que significa isto e que não podia significar mais nada.

A minha mente continua a conter um grande número de cidades que não vi e não verei, nomes que trazem consigo uma figura ou fragmento ou ofuscação de figura imaginada: Getúlia,

Odila, Eufrásia, Margara. A cidade sobre o golfo também está sempre lá, com a praça fechada em torno do poço, mas não posso mais chamá-la com um nome, nem recordar como pude dar-lhe um nome que significa algo totalmente diferente.

## *AS CIDADES*
## *E OS MORTOS*
## *2*

Durante as minhas viagens, jamais avançara até Adelma. Embarquei ao cair da noite. No cais, o marinheiro que pegou a corda no ar e amarrou-a à abita parecia-se com um dos meus soldados, que já morrera. Era hora da venda de peixes no atacado. Um velho colocava uma cesta de ouriços numa carreta; pensei reconhecê-lo; quando me voltei, ele desaparecera num beco, mas me lembrei de que ele se parecia com um pescador que, velho já à época em que eu era criança, não podia mais pertencer ao mundo dos vivos. Fiquei perturbado com a visão de um doente febril encolhido no chão com um cobertor sobre a cabeça: poucos dias antes de morrer, meu pai tinha os olhos amarelados e a barba hirsuta exatamente iguais aos dele. Desviei o olhar; não ousava fitar o rosto de mais ninguém.

Pensei: "Se Adelma é uma cidade que vejo no mundo dos sonhos, onde não há nada além de mortos, sinto medo do sonho. Se Adelma é uma cidade real, habitada por vivos, se eu continuar a fitá-los as semelhanças se dissolverão e eles parecerão estranhos portadores de angústia. Seja num caso seja no outro é melhor não insistir em olhá-los".

Uma quitandeira pesava uma couve na balança e colocava-a dentro de uma cesta presa por um barbante que uma garota abaixava de um balcão. A garota era igual a uma da minha cidade que enlouquecera de amor e se suicidara. A quitandeira ergueu o rosto: era a minha avó.

Pensei: "Chega um momento da vida em que, entre todas as pessoas que conhecemos, os mortos são mais numerosos que os vivos. E a mente se recusa a aceitar outras fisionomias, outras expressões: em todas as faces novas que encontra, imprime os velhos desenhos, para cada uma descobre a máscara que melhor se adapta".

Os descarregadores subiam as escadas em fila, curvos sob os barris e os garrafões revestidos de vime; os rostos estavam escondidos debaixo de capuzes de pano. "Agora tiram os capuzes e eu os reconheço", pensava com impaciência e medo. Mas não despregava os olhos deles; por menos que eu voltasse a olhar para a multidão que lotava aquelas vielas, via-me assediado por rostos imprevistos, vindos de longe, que me fixavam como se quisessem ser reconhecidos, como se quisessem me reconhecer, como se houvessem me reconhecido. Pode ser que eu também lhes recordasse alguém morto. Acabara de chegar a Adelma e já era um deles, passara para o lado deles, confuso naquele vacilar de olhos, de rugas, de trejeitos.

Pensei: "Talvez Adelma seja a cidade a que se chega morrendo e na qual cada um reencontra as pessoas que conheceu. É sinal de que eu também estou morto". Também pensei: "É sinal de que o além não é feliz".

# *AS CIDADES*
# *E O CÉU*
# *1*

Em Eudóxia, que se estende para cima e para baixo, com vielas tortuosas, escadas, becos, casebres, conserva-se um tapete no qual se pode contemplar a verdadeira forma da cidade. À primeira vista, nada é tão pouco parecido com Eudóxia quanto o desenho do tapete, ordenado em figuras simétricas que repetem os próprios motivos com linhas retas e circulares, entrelaçado por agulhadas de cores resplandecentes, cujo alternar de tramas pode ser acompanhado ao longo de toda a urdidura. Mas, ao se deter para observá-lo com atenção, percebe-se que cada ponto do tapete corresponde a um ponto da cidade e que todas as coisas contidas na cidade estão compreendidas no desenho, dispostas segundo as suas verdadeiras relações, as quais se evadem aos olhos distraídos pelo vaivém, pelos enxames, pela multidão. A confusão de Eudóxia, os zurros dos mulos, as manchas de negro de fumo, os odores de peixe, é tudo o que aparece na perspectiva parcial que se colhe; mas o tapete prova que existe um ponto no qual a cidade mostra as suas verdadeiras proporções, o esquema geométrico implícito nos mínimos detalhes.

É fácil perder-se em Eudóxia: mas, quando se olha atentamente para o tapete, reconhece-se o caminho perdido num fio carmesim ou anil ou vermelho amaranto que após um longo giro faz com que se entre num recinto de cor púrpura que é o verdadeiro ponto de chegada. Cada habitante de Eudóxia compara a ordem imóvel do tapete a uma imagem sua da cidade, uma angústia sua, e todos podem encontrar, escondidas entre os arabescos, uma resposta, a história de suas vidas, as vicissitudes do destino.

Sobre a relação misteriosa de dois objetos tão diferentes entre si como o tapete e a cidade, foi interrogado um oráculo. Um dos dois objetos — foi a resposta — tem a forma que os deuses deram ao céu estrelado e às órbitas nas quais os mundos giram; o outro é um reflexo aproximativo do primeiro, como todas as obras humanas.

Há muito tempo os profetas tinham certeza de que o harmônico desenho do tapete era de feitura divina; interpretou-se o oráculo nesse sentido, sem dar espaço para controvérsias. Mas da mesma maneira pode-se chegar à conclusão oposta: que o verdadeiro mapa do universo seja a cidade de Eudóxia assim como é, uma mancha que se estende sem forma, com ruas em zigue-zague, casas que na grande poeira desabam umas sobre as outras, incêndios, gritos na escuridão.

*— ...Portanto, na realidade a sua é uma viagem através da memória!— O Grande Khan, as orelhas sempre de pé, agitava-se na rede todas as vezes em que colhia no discurso de Marco uma inflexão suspirosa. — É para se desfazer de uma carga de nostalgia que você foi tão longe! — exclamava, ou então: — Você retorna das suas expedições com a estiva repleta de nostalgia! — e acrescentava com sarcasmo: — Um pequeno lucro, para dizer a verdade, para um mercador da Sereníssima!*

*Era esse o ponto para o qual convergiam todas as questões de Kublai sobre o passado e o futuro. Na última hora vinha brincando de gato e rato e finalmente conseguia encostar Marco na parede, acometendo-o, fincando um joelho em seu peito, segurando-o pela barba.*

*— Eis o que eu gostaria de saber a seu respeito; confesse o que você contrabandeia: estados de ânimo, estados de graça, elegias.*

*Frases e atos talvez apenas pensados, enquanto os dois, silenciosos e imóveis, observavam a lenta ascensão da fumaça de seus cachimbos. A nuvem ora se dissolvia num fio de vento ora restava suspensa no ar; e a resposta estava naquela nuvem. Diante da brisa que dispersava a fumaça, Marco pensava nos vapores que enevoam a amplidão do mar e as cadeias das mon-*

*tanhas, e que, ao rarearem, tornam o ar seco e diáfano revelando cidades longínquas. O seu olhar queria alcançar o lado de lá daquela tela de humores voláteis: a forma das coisas se distingue melhor a distância.*

*Ou então a nuvem detinha-se logo depois de sair da boca, densa e vagarosa, e evocava uma outra visão: as exalações estagnadas no alto das metrópoles, a fumaça opaca que não se dispersa, a camada de miasma que gravita sobre as ruas betuminosas. Não as lábeis névoas da memória nem a árida transparência, mas o cheiro de queimado de vidas queimadas que forma uma crosta sobre as cidades, a inchada esponja de matéria vital que deixou de fluir, o entupimento de passado presente futuro que bloqueia as existências calcificadas pela ilusão de movimento: eis o que encontrava ao término da viagem.*

# 7

*KUBLAI: Não sei quando você encontrou tempo de visitar todos os países que me descreve. A minha impressão é que você nunca saiu deste jardim.*

*POLO: Todas as coisas que vejo e faço ganham sentido num espaço da mente em que reina a mesma calma que existe aqui, a mesma penumbra, o mesmo silêncio percorrido pelo farfalhar das folhas. No momento em que me concentro para refletir, sempre me encontro neste jardim, neste mesmo horário, em sua augusta presença, apesar de prosseguir sem um instante de pausa a subir um rio verde de crocodilos ou a contar os barris de peixe salgado postos na estiva.*

*KUBLAI: Eu também não tenho certeza de estar aqui, passeando em meio às fontes de pórfido, escutando o eco dos jorros de água, e não cavalgando embebido de suor e sangue à frente do meu exército, conquistando os países que você irá descrever, ou decepando os dedos dos agressores que escalam a muralha de uma fortaleza assediada.*

*POLO: Talvez este jardim só exista à sombra das nossas pálpebras cerradas e nunca tenhamos parado: você, de levantar poeira nos campos de batalha, e eu, de negociar sacas de pimenta em mercados distantes, mas, cada vez que fechamos os olhos no meio do alvoroço ou da multidão, podemos nos refugiar aqui vestidos com quimonos de seda para avaliar aquilo que estamos vivendo, fazer as contas, contemplar a distância.*

KUBLAI: *Talvez este nosso diálogo se dê entre dois maltrapilhos apelidados Kublai Khan e Marco Polo que estão revolvendo um depósito de lixo, amontoando resíduos enferrujados, farrapos, papel, e, bêbados com poucos goles de vinho de má qualidade, veem resplender ao seu redor todos os tesouros do Oriente.*

POLO: *Talvez do mundo só reste um terreno baldio coberto de imundícies e o jardim suspenso do paço imperial do Grande Khan. São as nossas pálpebras que os separam, mas não se sabe qual está dentro e qual está fora.*

# AS CIDADES E OS OLHOS 5

Vadeado o rio, transposto o vale, o viajante encontra-se, subitamente, diante da cidade de Moriana, com as portas de alabastro transparentes à luz do sol, as colunas de coral que sustentam frontões incrustados de serpentina, as aldeias inteiramente de vidro como aquários em que nadam as sombras de dançarinas com adornos prateados sob os lampadários em forma de medusa. Se não é a sua primeira viagem, o viajante já sabe que cidades como esta têm um avesso: basta percorrer um semicírculo e ver-se-á a face obscura de Moriana, uma ampla lâmina enferrujada, pedaços de pano, eixos hirtos de pregos, tubos negros de fuligem, montes de potes de vidro, muros escuros com escritas desbotadas, caixilhos de cadeiras despalhadas, cordas que servem apenas para se enforcar numa trave podre.

Em toda a sua extensão, a cidade parece continuar a multiplicar o seu repertório de imagens: no entanto, não tem espessor, consiste somente de um lado de fora e de um avesso, como uma folha de papel, com uma figura aqui e outra ali, que não podem se separar nem se encarar.

# *AS CIDADES E O NOME 4*

Clarisse, cidade gloriosa, tem uma história atribulada. Diversas vezes decaiu e refloresceu, mantendo sempre a primeira Clarisse como inigualável modelo de todos os esplendores, a qual, comparada com o atual estado da cidade, não deixa de suscitar suspiros a cada giro de estrelas.

Nos séculos de degradação, a cidade, esvaziada por causa das pestilências, reduzida em estatura por causa do desabamento de traves e cornijas e do desmoronamento de terras, enferrujada e bloqueada por negligência ou férias dos funcionários da manutenção, repovoava-se lentamente com hordas de sobreviventes emersos de sótãos e covas como férvidos ratos movidos pelo afã de revolver e roer e que ao mesmo tempo se reuniam e se ajeitavam como passarinhos num ninho. Agarravam-se a tudo o que podia ser retirado de onde estava e colocado em outro lugar com uma outra utilidade: as cortinas de brocado terminavam por servir de lençóis; nas urnas cinerárias de mármore, plantavam manjericão; as grades de ferro batido arrancadas das janelas dos gineceus eram usadas para assar carne de gato em fogo de lenha marchetada. Montada com os pedaços avulsos da Clarisse imprestável, tomava forma uma Clarisse da sobrevivência, repleta de covis e casebres, córregos infectados, gaiolas de coelhos. Todavia, não se perdera quase nada do antigo esplendor de Clarisse, estava tudo ali, apenas disposto de maneira diversa mas não menos adequada às exigências dos seus habitantes.

Os tempos de indigência eram sucedidos por épocas mais alegres: uma suntuosa Clarisse-borboleta saía da mísera Clarisse--crisálida; a nova abundância fazia a cidade extravasar de novos materiais edifícios objetos; afluía gente nova de fora; nada e ninguém tinha a ver com a Clarisse ou as Clarisses anteriores; e, quanto mais se estabelecia triunfantemente no lugar e com o nome da primeira Clarisse, mais a nova cidade percebia afastar-se desta, destruí-la com a velocidade dos ratos e do mofo: apesar do orgulho do novo fausto, no fundo do coração sentia-se estranha, incongruente, usurpadora.

Eis então os fragmentos do primeiro esplendor, que haviam se salvado adaptando-se a necessidades mais obscuras, sendo novamente deslocados, ei-los protegidos sob recipientes de vidro, trancados em vitrinas, apoiados sobre travesseiros de veludo, e não mais porque ainda podiam servir para alguma coisa, mas porque por meio deles seria possível reconstruir uma cidade sobre a qual ninguém sabia mais nada.

Seguiram-se outras deteriorações e outras pujanças em Clarisse. As populações e os costumes mudaram diversas vezes; restam o nome, o lugar em que está situada, os objetos mais resistentes. Cada uma das novas Clarisses, compacta como um ser vivo com os seus odores e a sua respiração, ostenta como um colar aquilo que resta das novas Clarisses fragmentárias e mortas. Não se sabe quando os capitéis coríntios estiveram em cima de suas colunas: recorda-se somente que por muitos anos um deles serviu de apoio num galinheiro para a cesta onde as galinhas punham os ovos e que dali passou para o Museu dos Capitéis ao lado de outros exemplares da coleção. A ordem de sucessão das épocas havia se perdido; que existiu uma primeira Clarisse é uma crença muito difundida, mas não existem provas para demonstrá-lo; os capitéis podem ter estado primeiro nos galinheiros e depois nos templos, as urnas de mármore podem ter sido semeadas primeiro de manjericão e depois de ossos de defuntos. Sabe-se com certeza apenas o seguinte: um certo número de objetos desloca-se num certo espaço, ora submerso por uma grande quantidade de novos objetos, ora consumido sem ser reposto; a regra é sempre misturá-los e tentar recolocá-los no lugar. Talvez Clarisse sempre tenha sido apenas uma misturada de bugigangas espedaçadas, pouco sortidas, obsoletas.

# *AS CIDADES E OS MORTOS 3*

Não existe cidade mais disposta a aproveitar a vida e a evitar aflições do que Eusápia. E, a fim de que o salto da vida para a morte seja menos brusco, os habitantes construíram no subsolo uma cópia idêntica da cidade. Os cadáveres, dessecados de modo que os esqueletos restem revestidos de pele amarela, são levados para baixo e continuam a cumprir antigas atividades. Destas, as preferidas são as que reproduzem momentos de despreocupação: a maioria é posicionada em torno de mesas servidas, ou colocada em posições de dança ou no gesto de tocar trombeta. Mas todos os comércios e profissões da Eusápia dos vivos são recriados no subsolo, ao menos os que os vivos realizaram com mais satisfação do que aborrecimento: o relojoeiro, no meio de todos os relógios parados de sua oficina, encosta a orelha seca num relógio de pêndulo sem corda; um barbeiro ensaboa com um pincel seco o osso dos zigomas de um ator enquanto este repassa o seu papel examinando o roteiro com as órbitas vazias; uma moça de crânio risonho ordenha uma carcaça de bezerra.

Claro que muitos dos vivos pedem para depois da morte um destino diferente do que lhes coube em vida: a necrópole é apinhada de caçadores de leões, meios-sopranos, banqueiros, violinistas, duquesas, concubinas, generais, em número maior do que jamais contou a cidade vivente.

A incumbência de acompanhar os mortos para baixo e instalá-los no lugar desejado é conferida a uma confraria de encapuzados. Ninguém mais tem acesso à Eusápia dos mortos e tudo o que se sabe de lá de baixo sabe-se por intermédio deles.

Dizem que a mesma confraria existe entre os mortos e que não deixa de lhes dar uma ajuda; após a morte, os encapuzados continuarão com o mesmo ofício também na outra Eusápia; fazem crer que alguns deles já morreram e continuam a ir de cima para baixo. Claro, a autoridade dessa congregação sobre a Eusápia dos vivos é muito ampla.

Dizem que cada vez que descem encontram alguma mudança na Eusápia de baixo; os mortos apresentam inovações em sua cidade; não muitas, mas certamente fruto de uma reflexão ponderada, não de caprichos passageiros. De um ano para o outro, dizem, não se reconhece a Eusápia dos mortos. E os vivos, para não ficarem para trás, querem fazer tudo o que os encapuzados contam a respeito das novidades dos mortos. Assim, a Eusápia dos vivos começou a copiar a sua cópia subterrânea.

Dizem que não é só agora que isso ocorre: na realidade, foram os mortos que construíram a Eusápia de cima semelhante à sua cidade. Dizem que nas duas cidades gêmeas não existe meio de saber quem são os vivos e quem são os mortos.

# *AS CIDADES E O CÉU 2*

Em Bersabeia, transmite-se a seguinte crença: que suspensa no céu exista uma outra Bersabeia, onde gravitam as virtudes e os sentimentos mais elevados da cidade, e que, se a Bersabeia terrena tomar a celeste como modelo, elas se tornarão uma única cidade. A imagem que a tradição divulga é de uma cidade de ouro maciço, com tarraxas de prata e portas de diamante, uma cidade-joia, repleta de entalhes e engastes, que supremas e laboriosas pesquisas, aplicadas a matérias de supremo valor, podem produzir. Fiéis a essa crença, os habitantes de Bersabeia cultuam tudo o que lhes evoca a cidade celeste: acumulam metais nobres e pedras raras, renunciam aos efêmeros, elaboram formas de composta compostura.

Também creem, esses habitantes, que existe uma outra Bersabeia no subterrâneo, receptáculo de tudo o que lhes ocorre de desprezível e indigno, e eles zelam constantemente para eliminar da Bersabeia emersa qualquer ligação ou semelhança com a gêmea do subsolo. No lugar dos tetos, imagina-se que a cidade ínfera possui latas de lixo invertidas, das quais transbordam cascas de queijo, embalagens gordurosas, água da louça suja, restos de espaguete, velhas vendas. Ou mesmo que a sua substância seja aquela escura, maleável e densa como pez que escorre pelos esgotos prolongando o percurso das vísceras humanas, de buraco negro em buraco negro, até esborrachar-se no mais profundo sedimento subterrâneo, e que justamente a partir dos preguiçosos detritos enroscados lá embaixo elevem-se, giro após giro, os edifícios de uma cidade fecal de extremidades tortuosas.

Nas crenças de Bersabeia, existe uma parte de verdadeiro e uma de falso. É verdade que duas projeções de si mesma acompanham a cidade, uma celeste e uma infernal; mas há um equívoco quanto aos seus conteúdos. O inferno incubado no mais profundo subsolo de Bersabeia é uma cidade desenhada pelos mais prestigiosos arquitetos, construída com os materiais mais caros do mercado, que funciona em todos os seus mecanismos e relojoaria e engrenagens, com ornamentos de passamanaria e franjas e falbalá pendurados em todos os tubos e bielas.

Preocupada em acumular os seus quilates de perfeição, Bersabeia crê que seja virtude aquilo que a esta altura é uma melancólica obsessão de preencher os receptáculos vazios de si mesma; não sabe que os seus únicos momentos de abandono generoso são aqueles em que se desprende, deixa cair, se expande. Todavia, no zênite de Bersabeia gravita um corpo celeste que refulge com todo o bem da cidade, reunido em torno do tesouro dos resíduos: um planeta que desfralda cascas de batata, guarda-chuvas quebrados, meias gastas, cintilantes cacos de terracota, botões perdidos, embalagens de chocolates, lajeado de bilhetes de bonde, fragmentos de unhas e de calos, cascas de ovo. Essa é a cidade celeste e em seu céu correm cometas de cauda longa, emitidos para girar no espaço como o único ato livre e feliz de que são capazes os habitantes de Bersabeia, cidade que só quando caga não é avara calculadora interesseira.

## *AS CIDADES CONTÍNUAS 1*

A cidade de Leônia refaz a si própria todos os dias: a população acorda todas as manhãs em lençóis frescos, lava-se com sabonetes recém-tirados da embalagem, veste roupões novíssimos, extrai das mais avançadas geladeiras latas ainda intatas, escutando as últimas lenga-lengas do último modelo de rádio.

Nas calçadas, envoltos em límpidos sacos plásticos, os restos da Leônia de ontem aguardam a carroça do lixeiro. Não só tubos retorcidos de pasta de dente, lâmpadas queimadas, jornais, recipientes, materiais de embalagem, mas também aquecedores, enciclopédias, pianos, aparelhos de jantar de porcelana: mais do que pelas coisas que todos os dias são fabricadas vendidas compradas, a opulência de Leônia se mede pelas coisas que todos os dias são jogadas fora para dar lugar às novas. Tanto que se pergunta se a verdadeira paixão de Leônia é de fato, como dizem, o prazer das coisas novas e diferentes, e não o ato de expelir, de afastar de si, expurgar uma impureza recorrente. O certo é que os lixeiros são acolhidos como anjos e a sua tarefa de remover os restos da existência do dia anterior é circundada de um respeito silencioso, como um rito que inspira a devoção, ou talvez apenas porque, uma vez que as coisas são jogadas fora, ninguém mais quer pensar nelas.

Ninguém se pergunta para onde os lixeiros levam os seus carregamentos: para fora da cidade, sem dúvida; mas todos os anos a cidade se expande e os depósitos de lixo devem recuar para mais longe; a imponência dos tributos aumenta e os impostos elevam-se, estratificam-se, estendem-se por um perímetro mais amplo. Acrescente-se que, quanto mais Leônia se supera na arte de fabricar novos materiais, mais substancioso torna-se o lixo, resistindo ao tempo, às intempéries, à fermentação e à combustão. É uma fortaleza de rebotalhos indestrutíveis que circunda Leônia, domina-a de todos os lados como uma cadeia de montanhas.

O resultado é o seguinte: quanto mais Leônia expele, mais coisas acumula; as escamas do seu passado se solidificam numa couraça impossível de se tirar; renovando-se todos os dias, a cidade conserva-se integralmente em sua única forma definitiva: a do lixo de ontem que se junta ao lixo de anteontem e de todos os dias e anos e lustros.

A imundície de Leônia pouco a pouco invadiria o mundo se o imenso depósito de lixo não fosse comprimido, do lado de lá de sua cumeeira, por depósitos de lixo de outras cidades que também repelem para longe montanhas de detritos. Talvez o mundo inteiro, além dos confins de Leônia, seja recoberto por crateras de imundície, cada uma com uma metrópole no centro em ininterrupta erupção. Os confins entre cidades desconhecidas e inimigas são bastiões infectados em que os detritos de uma e de outra escoram-se reciprocamente, superam-se, misturam-se.

Quanto mais cresce em altura, maior é a ameaça de desmoronamento: basta que um vasilhame, um pneu velho, um garrafão de vinho se precipitem do lado de Leônia e uma avalanche de sapatos desemparelhados, calendários de anos decorridos e flores secas afunda a cidade no passado que em vão tentava repelir, misturado com o das cidades limítrofes, finalmente eliminada — um cataclismo irá aplainar a sórdida cadeia montanhosa, cancelar qualquer vestígio da metrópole sempre vestida de novo. Já nas cidades vizinhas, estão prontos os rolos compressores para aplainar o solo, estender-se no novo território, alargar-se, afastar os novos depósitos de lixo.

*POLO: ...Pode ser que os terraços deste jardim só estejam suspensos sobre o lago das nossas mentes...*

KUBLAI: *...E por mais longe que as nossas atribuladas funções de comandante e de mercador nos levem, ambos tutelamos dentro de nós esta sombra silenciosa, esta conversação pausada, esta tarde sempre idêntica.*

POLO: *A menos que não se dê a hipótese oposta: que aqueles que se afanam nos acampamentos e nos portos só existem porque nós dois pensamos neles, fechados neste tapume de bambus, sempre imóveis.*

KUBLAI: *Que não existem o esforço, os gritos, as pragas, o fedor, mas apenas esta azaleia.*

POLO: *Que os carregadores, os pedreiros, os lixeiros, as cozinheiras que limpam as entranhas dos frangos, as lavadeiras inclinadas sobre a pedra, as mães de família que mexem o arroz aleitando os recém-nascidos, só existem porque pensamos neles.*

KUBLAI: *Para falar a verdade, jamais penso neles.*

POLO: *Então não existem.*

KUBLAI: *Não me parece ser essa uma conjetura que nos convenha. Sem eles, jamais poderíamos continuar balançando encasulados em nossas redes.*

*POLO: Devemos rejeitar a hipótese, então. Portanto, a hipótese verdadeira é a outra: são eles que existem, não nós.*

*KUBLAI: Acabamos de demonstrar que, se nós existíssemos não existiríamos.*

*POLO: Ei-nos aqui, de fato.*

# 8

*Aos pés do trono do Grande Khan estendia-se um pavimento de maiólica. Marco Polo, informante mudo, espalhava o mostruário de mercadorias trazidas de suas viagens aos confins do império: um elmo, uma concha, um coco, um leque. Dispondo os objetos numa certa ordem sobre os azulejos brancos e pretos e, a partir daí, deslocando-os com movimentos estudados, o embaixador tentava representar aos olhos do monarca as vicissitudes de sua viagem, o estado do império, as prerrogativas de remotas capitais de província.*

*Kublai era um atento jogador de xadrez; seguindo os gestos de Marco, observava que certas peças implicavam ou excluíam a proximidade de outras peças e deslocavam-se de acordo com certas linhas. Transcurando a variedade de formas, ele definia a disposição de um objeto em relação ao outro sobre o pavimento de maiólica. Pensou: "Se cada cidade é como uma partida de xadrez, o dia em que eu conhecer as suas regras finalmente possuirei o meu império, apesar de que jamais conseguirei conhecer todas as cidades que este contém".*

*No fundo, era inútil que para falar de suas cidades Marco utilizasse tantas ninharias: bastava um tabuleiro de xadrez com peças precisamente classificáveis. Para cada peça podia-se atribuir alternadamente um significado apropriado: um cavalo podia representar tanto um cavalo real quanto um cortejo de carroças, um exército em marcha, um monumento equestre; e uma rainha podia ser uma dama debruçada no balcão, uma fonte, uma igreja com a cúpula cuspidata, um pé de marmelo.*

*Ao retornar de sua última missão, Marco Polo encontrou o Khan a sua espera, sentado diante de um tabuleiro de xadrez. Com um gesto, convidou-o a sentar à sua frente e descrever-lhe as cidades que visitara apenas com o auxílio do xadrez. O veneziano não se desesperou. O xadrez do Grande Khan era composto de grandes peças de marfim polido: dispondo sobre o tabuleiro torres ameaçadoras e cavalos sombrios, condensando uma grande quantidade de peças, traçando avenidas retas ou oblíquas como os movimentos da rainha, Marco recriava as perspectivas e os espaços de cidades brancas e pretas em noites de lua.*

*Ao contemplar essas paisagens essenciais, Kublai refletia sobre a ordem invisível que governava a cidade, sobre as regras a que respondiam o seu surgir e formar-se e prosperar e adaptar-se às estações e definhar e cair em decadência. Às vezes, parecia-lhe estar prestes a descobrir um sistema coerente e harmônico que estava por trás das infinitas deformidades e desarmonias, mas nenhum modelo resistia à comparação com o jogo de xadrez. Pode ser que, em vez de insistir em evocar com o magro auxílio de peças de marfim visões de qualquer modo destinadas ao esquecimento, bastasse jogar uma partida segundo as regras e contemplar cada um dos estados sucessivos do tabuleiro como uma das inúmeras formas em que o sistema de formas se organiza e se destrói.*

*Kublai Khan já não precisava mandar Marco Polo em expedições distantes: detinha-o para jogar intermináveis partidas de xadrez. O conhecimento do império escondia-se no desenho traçado pelos angulosos saltos do cavalo, pelos espaços diagonais que se abrem nas incursões do bispo, pelo passo arrastado e prudente do rei e do humilde peão, pelas alternativas inexoráveis de cada partida.*

*O Grande Khan tentava identificar-se com o jogo: mas agora era o motivo do jogo que lhe escapava. O objetivo de cada partida é um ganho ou uma perda: mas do quê? Qual era a verdadeira aposta? No xeque-mate, sob os pés do rei derrubado pelas mãos do vencedor, resta um quadrado preto ou branco. Com o propósito de desmembrar as suas conquistas para reduzi-las à essência, Kublai atingira o extremo da operação: a conquista definitiva, diante da qual os multiformes tesouros do império não passavam de invólucros ilusórios, reduzia-se a uma tessela de madeira polida: o nada...*

## *AS CIDADES E O NOME 5*

Irene é a cidade que se vê na extremidade do planalto na hora em que as suas luzes se acendem e permitem distinguir no horizonte, quando o ar está límpido, o núcleo do povoado: os lugares onde há maior concentração de janelas, onde a cidade rareia em vielas mal iluminadas, onde se acumulam sombras de jardins, onde se erguem torres com fogos de artifício; e, se o entardecer é brumoso, uma claridade anuviada infla-se como uma esponja leitosa aos pés da enseada.

Os viajantes do planalto, os pastores que transumam os armentos, os passarinheiros que vigiam as redes, os eremitas que colhem raízes, todos olham para baixo e falam de Irene. Às vezes, o vento traz uma música de bumbos e trompas, o crepitar de morteiros na iluminação de uma festa; às vezes, o alarido da metralhadora, a explosão de um paiol de pólvora no céu amarelado dos incêndios ateados durante a guerra civil. Os que olham de lá de cima fazem conjeturas sobre o que está acontecendo na cidade, perguntam-se se encontrar-se em Irene naquela tarde seria bom ou ruim. Não que tenham intenção de ir — e, de qualquer modo, as estradas que descem ao vale são ruins —, mas Irene magnetiza olhares e pensamentos de quem está lá no alto.

A esta altura, Kublai Khan espera que Marco diga como é Irene vista de dentro. E Marco não pode fazê-lo: não conseguiu saber qual é a cidade que os moradores do planalto chamam de

Irene; por outro lado, não importa: vista de dentro, seria uma outra cidade; Irene é o nome de uma cidade distante que muda à medida que se se aproxima dela.

A cidade de quem passa sem entrar é uma; é outra para quem é aprisionado e não sai mais dali; uma é a cidade à qual se chega pela primeira vez, outra é a que se abandona para nunca mais retornar; cada uma merece um nome diferente; talvez eu já tenha falado de Irene sob outros nomes; talvez eu só tenha falado de Irene.

## *AS CIDADES E OS MORTOS 4*

O que distingue Argia das outras cidades é que no lugar de ar existe terra. As ruas são completamente aterradas, os quartos são cheios de argila até o teto, sobre as escadas pousam outras escadas em negativo, sobre os telhados das casas premem camadas de terreno rochoso como céus enevoados. Não sabemos se os habitantes podem andar pela cidade alargando as galerias das minhocas e as fendas em que se insinuam raízes: a umidade abate os corpos e tira toda a sua força; convém permanecerem parados e deitados, de tão escuro.

De Argia, daqui de cima, não se vê nada; há quem diga: "Está lá embaixo" e é preciso acreditar; os lugares são desertos. À noite, encostando o ouvido no solo, às vezes se ouve uma porta que bate.

## *AS CIDADES E O CÉU 3*

Quando se chega a Tecla, pouco se vê da cidade, escondida atrás dos tapumes, das defesas de pano, dos andaimes, das armaduras metálicas, das pontes de madeira suspensas por cabos ou apoiadas em cavaletes, das escadas de corda, dos fardos de juta. À pergunta: Por que a construção de Tecla prolonga-se por tanto tempo?, os habitantes, sem deixar de içar baldes, de baixar cabos de ferro, de mover longos pincéis para cima e para baixo, respondem:

— Para que não comece a destruição. — E, questionados se temem que após a retirada dos andaimes a cidade comece a desmoronar e a despedaçar-se, acrescentam rapidamente, sussurrando: — Não só a cidade.

Se, insatisfeito com as respostas, alguém espia através dos cercados, vê guindastes que erguem outros guindastes, armações que revestem outras armações, traves que escoram outras traves.

— Qual é o sentido de tanta construção? — pergunta. — Qual é o objetivo de uma cidade em construção senão uma cidade? Onde está o plano que vocês seguem, o projeto?

— Mostraremos assim que terminar a jornada de trabalho; agora não podemos ser interrompidos — respondem.

O trabalho cessa ao pôr do sol. A noite cai sobre os canteiros de obras. É uma noite estrelada.

— Eis o projeto — dizem.

## *AS CIDADES CONTÍNUAS 2*

Se ao aterrissar em Trude eu não tivesse lido o nome da cidade escrito num grande letreiro, pensaria ter chegado ao mesmo aeroporto de onde havia partido. Os subúrbios que me fizeram atravessar não eram diferentes dos da cidade anterior, com as mesmas casas amarelinhas e verdinhas. Seguindo as mesmas flechas, andava-se em volta dos mesmos canteiros das mesmas praças. As ruas do centro exibiam mercadorias embalagens rótulos que não variavam em nada. Era a primeira vez que eu vinha a Trude, mas já conhecia o hotel em que por acaso me hospedei; já tinha ouvido e dito os meus diálogos com os compradores e vendedores de sucata; terminara outros dias iguais àquele olhando através dos mesmos copos os mesmos umbigos ondulantes.

Por que vir a Trude, perguntava-me. E sentia vontade de partir.

— Pode partir quando quiser — disseram-me —, mas você chegará a uma outra Trude, igual ponto por ponto; o mundo é recoberto por uma única Trude que não tem começo nem fim, só muda o nome no aeroporto.

# *AS CIDADES OCULTAS 1*

Quem vai a Olinda com uma lente de aumento e procura com atenção pode encontrar em algum lugar um ponto não maior do que a cabeça de um alfinete que um pouco ampliado mostra em seu interior telhados antenas claraboias jardins tanques, faixas através das ruas, quiosques nas praças, pistas para as corridas de cavalos. Aquele ponto não permanece imóvel: depois de um ano, já está grande como um limão; depois, como um cogumelo; depois, como um prato de sopa. E eis que se torna uma cidade de tamanho natural, contida na primeira cidade: uma nova cidade que abre espaço em meio à primeira cidade e impele-a para fora.

Sem dúvida Olinda não é a única cidade a crescer em círculos concêntricos como os troncos das árvores que a cada ano aumentam uma circunferência. Mas, nas outras cidades, permanece no centro o velho cinturão de muralhas estreitas estreitas, do qual despontam ressequidos campanários torres telhados cúpulas, enquanto os novos bairros se inflam ao seu redor como um cinto que se desprende. Não em Olinda: as velhas muralhas se dilatam levando consigo os bairros antigos, ampliados, mantendo as proporções sobre um horizonte mais largo nos confins da cidade; estes circundam os bairros um pouco menos velhos, também maiores no perímetro mas afinados para ceder lugar aos mais recentes que fazem pressão de dentro para fora; e assim por diante até o coração da cidade: uma Olinda inteiramente nova que em suas dimensões reduzidas conserva os traços e o fluxo de linfa da primeira Olinda e de todas as Olindas que despontaram uma de dentro da outra; e no meio desse cercado mais interno já despontam — mas é difícil distingui-las — as Olindas vindouras e aquelas que crescerão posteriormente.

*...O Grande Khan tentava concentrar-se no jogo: mas agora era o porquê do jogo que lhe escapava. O objetivo de cada partida é um ganho ou uma perda: mas do quê? Qual era a verdadeira aposta? No xeque-mate, sob os pés do rei derrubado pelas mãos do vencedor, resta o nada: um quadrado preto ou branco. À força de desincorporar suas conquistas para reduzi-las à essência, Kublai atingira o extremo da operação: a conquista definitiva, da qual os multiformes tesouros do império não passavam de invólucros ilusórios, reduzia-se a uma tessela de madeira polida.*

*Então Marco Polo disse:*

*— O seu tabuleiro, senhor, é uma marchetaria de duas madeiras: ébano e bordo. A casa sobre a qual se fixou o seu olhar iluminado foi extraída de uma camada do tronco que cresceu num ano de estiagem. Observe como são dispostas as fibras. Aqui se percebe um nó apenas esboçado: um broto tentou despontar num dia de primavera precoce, mas a geada noturna obrigou-o a desistir. — Até então o Grande Khan não se dera conta de que o estrangeiro sabia se exprimir fluentemente em sua língua, mas não foi isso que o surpreendeu. — Eis um poro mais largo: talvez tenha sido o ninho de uma larva; não de um caruncho, pois este, logo depois de nascer, teria continuado a escavar, mas de uma*

*lagarta, que roeu as folhas e foi a causa pela qual a árvore foi escolhida para ser abatida... Esta margem foi entalhada com a goiva pelo ebanista a fim de aderi-la ao quadrado vizinho, mais saliente...*

*A quantidade de coisas que se podia tirar de um pedacinho de madeira lisa e vazia abismava Kublai; Polo já começava a falar de bosques de ébano, de balsas de troncos que desciam os rios, dos desembarcadouros, das mulheres nas janelas...*

# 9

*O Grande Khan possui um atlas em que estão desenhadas todas as cidades do império e dos reinos adjacentes, palácio por palácio e rua por rua, com as respectivas muralhas, rios, pontes, portos, rochedos. Sabe que é inútil esperar novidades dos relatórios de Marco Polo a respeito desses lugares que, de resto, conhece perfeitamente: de como em Cambaluc, capital da China, três cidades quadradas estão uma dentro da outra, cada uma com quatro templos e quatro portas que se abrem segundo as estações; de como na ilha de Java o rinoceronte enfurecido ataca com o seu chifre mortífero; de como se pescam pérolas no fundo do mar na costa de Maabar.*

*Kublai pergunta para Marco:*

*— Quando você retornar ao Poente, repetirá para a sua gente as mesmas histórias que conta para mim?*

*— Eu falo, falo — diz Marco —, mas quem me ouve retém somente as palavras que deseja. Uma é a descrição do mundo à qual você empresta a sua bondosa atenção, outra é a que correrá os campanários de descarregadores e gondoleiros às margens do canal diante da minha casa no dia do meu retorno, outra ainda a que poderia ditar em idade avançada se fosse aprisionado por piratas genoveses e colocado aos ferros na mesma cela de um escriba de romances de aventuras. Quem comanda a narração não é a voz: é o ouvido.*

*— Às vezes, parece-me que a sua voz chega de longe até mim, enquanto sou prisioneiro de um presente vistoso e invisível, no qual todas as formas de convivência humana atingiram o ponto extremo de seu ciclo e é impossível imaginar quais as novas formas que assumirão. E escuto, por intermédio de sua voz, as razões invisíveis pelas quais existiam as cidades e talvez pelas quais, após a morte, voltarão a existir.*

*O Grande Khan possui um atlas cujos desenhos representam todo o globo terrestre, continente por continente, os confins dos reinos mais longínquos, as rotas dos navios, os contornos da costa, os mapas das metrópoles mais ilustres e dos portos mais opulentos. Ele folheia os mapas sob o olhar de Marco Polo para colocar à prova o seu conhecimento. O viajante reconhece Constantinopla na cidade de três margens que coroam respectivamente um longo estreito, um golfo comprido e um mar fechado; recorda que Jerusalém está situada sobre suas colinas de altura díspar e colocadas face a face; não hesita ao apontar Samarcanda e seus jardins.*

*Sobre outras cidades, lança mão de descrições transmitidas de boca em boca ou mete-se a adivinhar baseando-se em escassos indícios: assim é Granada, pérola irisada dos califas; Lübeck lindo porto boreal; Timbuctu enegrecida de ébano e esbranquiçada de marfim; Paris onde todos os dias milhões de pessoas voltam ao lar empunhando um filão de pão. Em miniaturas coloridas, o atlas representa lugares habitados de maneira insólita: um oásis escondido num vinco de deserto do qual despontam somente os topos das palmeiras certamente é Nefta; um castelo em meio às areias movediças e as vacas que pastam nos campos salgados das marés só pode recordar Mont-Saint-Michele; e só pode ser Urbino um palácio que em vez de se erguer dentro da muralha de uma cidade contém uma cidade dentro de sua muralha.*

*O atlas também representa cidades que nem Marco nem os geógrafos sabem se existem ou onde ficam, mas que não poderiam faltar entre as formas das cidades possíveis: uma Cuzco de desenho radiado e multifragmentado que reflete a perfeita ordem das trocas, uma cidade do México verdejante à beira do lago dominado pelo paço real de Montezuma, uma Novgorod de cúpulas bulboides, uma Lhassa cujos tetos alvos erguem-se acima do teto nebuloso do planeta. Para essas cidades, Marco também dá um nome, não importa qual, e sugere um itinerário a percorrer. Sabe-se que o nome dos lugares muda tantas vezes quantas são as suas línguas estrangeiras; e que cada lugar pode ser alcançado de outros lugares, pelas mais variadas estradas e rotas, por quem cavalga guia rema voa.*

*— Parece que você conhece melhor as cidades por meio do atlas do que visitando-as pessoalmente — disse o imperador a Marco, fechando o livro de repente.*

*E Polo:*

*— Viajando percebe-se que as diferenças desaparecem: uma cidade vai se tornando parecida com todas as cidades, lugares alternam formas ordens distâncias, uma poeira informe invade os continentes. O seu atlas mantém intatas diferenças: a multiplicidade de qualidades que são como as letras dos nomes.*

*O Grande Khan possui um atlas em que estão reunidos os mapas de todas as cidades: as que elevam as suas muralhas sobre bases sólidas, as que caíram em ruína e foram engolidas pela areia, as que um dia existirão e em cujos lugares ainda não se constrói nada além de tocas de lebres.*

*Marco Polo folheia os mapas, reconhece Jericó, Ur, Cartagena; aponta para o porto à foz do Escamandro onde os navios aqueus por dez anos aguardaram o reembarque dos sitiantes, até que o cavalo encavilhado por Ulisses foi rebocado por um cabrestante através das portas da fortaleza. Mas, falando de Troia, ele lhe atribuía a forma de Constantinopla, e previa o assédio com o qual por longos meses a comprimiria Maomé, que, astuto como Ulisses, faria rebocar os navios à noite pela torrente, do Bósforo ao Corno Dourado, circundando Pera e Galata. E da mistura dessas duas cidades resultava uma terceira, que podia chamar-se São Francisco e protender pontes longuíssimas e leves sobre a Porta Dourada e a baía, e instalar tranvias e cremalheiras em ladeiras extraordinariamente íngremes, e florescer como capital do Pacífico dali a um milênio, depois do longo assédio de trezentos anos que levaria a raça amarela e negra e vermelha a fundir-se com a estirpe sobrevivente dos brancos, num império mais vasto que o do Grande Khan.*

*O atlas tem essa qualidade: revela a forma das cidades que ainda não têm forma nem nome. Há a cidade com a forma de Amsterdam, semicírculo voltado para o setentrião, com canais concêntricos: o dos Príncipes, do Imperador, dos Senhores; há a cidade com a forma de York, engastada nas elevadas estepes, murada, hirta de torres; há a cidade com a forma de Nova Amsterdam, também chamada Nova York, repleta de torres de vidro e aço sobre uma ilha oblonga entre dois rios, com ruas perfeitamente retas como canais profundos, exceto a Broadway.*

*O catálogo de formas é interminável: enquanto cada forma não encontra a sua cidade, novas cidades continuarão a surgir. Nos lugares em que as formas exaurem as suas variedades e se desfazem, começa o fim das cidades. Nos últimos mapas do atlas, diluíam-se retículos sem início nem fim, cidades com a forma de Los Angeles, com a forma de Kioto-Osaka, sem forma.*

# *AS CIDADES E OS MORTOS 5*

Laudômia, como todas as cidades, tem a seu lado uma outra cidade em que os habitantes possuem os mesmos nomes: é a Laudômia dos mortos, o cemitério. Mas a característica particular de Laudômia é a de ser, mais do que dupla, tripla; isto é, de compreender uma terceira Laudômia, que é a dos não nascidos.

As prosperidades da cidade dupla são conhecidas. Quanto mais a Laudômia dos vivos se povoa e se dilata, mais aumenta a quantidade de tumbas do lado de fora da muralha. As ruas da Laudômia dos mortos são largas apenas o bastante para que transite o carro fúnebre, e são ladeadas por edifícios desprovidos de janelas; mas o traçado das ruas e a sequência das moradias repetem os da Laudômia viva e, assim como nesta, as famílias são cada vez mais comprimidas em compactos nichos sobrepostos. Nas tardes ensolaradas, a população vivente visita os mortos e decifra os próprios nomes nas lajes de pedra: da mesma forma que a cidade dos vivos, esta comunica uma história de sofrimentos, irritações, ilusões, sentimentos; só que aqui tudo se tornou necessário, livre do acaso, arquivado, posto em ordem. E, para se sentir segura, a Laudômia viva precisa procurar na Laudômia dos mortos a explicação de si própria, não obstante o risco de encontrar explicações a mais ou a menos: explicações para mais de uma Laudômia, para cidades diferentes que poderiam ter existido mas não existiram, ou razões parciais, contraditórias, enganosas.

Muito justa, Laudômia confere um domicílio igualmente vasto àqueles que ainda vão nascer; claro que o espaço não é proporcional ao seu número, que se supõe infinito, mas, sendo um lugar vazio, circundado por uma arquitetura repleta de nichos e reentrâncias e cavidades, e podendo-se atribuir aos não nascidos a dimensão que se deseja, imaginá-los do tamanho de um rato ou de um bicho-da-seda, ou de uma formiga, ou de um ovo de formiga, nada impede de visualizá-los eretos ou agachados em cada um dos suportes ou estantes que ressaem das paredes, em cada um dos capitéis ou plintos, em fila ou esparralhados, atentos às incumbências de suas vidas futuras, e de contemplar numa veia do mármore Laudômia inteira daqui a cem ou mil anos, apinhada de multidões vestidas de modo jamais visto, todos, por exemplo, com barreganas cor de berinjela, ou todos com plumas de peru nos turbantes, e de reconhecer os próprios descendentes e os das famílias aliadas ou inimigas, dos devedores e credores, que vão e vêm perpetuando os negócios, as vinganças, os matrimônios por amor ou por interesse. Os viventes de Laudômia frequentam a casa dos não nascidos, interrogando-os; os passos ressoam sob os tetos vazios; as questões são formuladas em silêncio: e é sempre deles próprios que perguntam os vivos, não daqueles que virão; alguns se preocupam em deixar uma ilustre memória de si, outros em encobrir as suas vergonhas; todos gostariam de seguir o fio das consequências dos próprios atos, mas, quanto mais aguçam o olhar, menos reconhecem um traço contínuo; os nascituros de Laudômia aparecem pontilhados como grãos de poeira, afastados do antes e do depois.

A Laudômia dos não nascidos não transmite, como a dos mortos, qualquer segurança aos habitantes da Laudômia viva, só apreensão. Nos pensamentos dos visitantes, acabam por se abrir dois caminhos e não se sabe qual reserva maior angústia: ou se pensa que o número de nascituros supera grandemente o de todos os vivos e de todos os mortos, e, nesse caso, em cada poro de pedra acumulam-se multidões invisíveis, amontoadas nas encostas do funil como nas arquibancadas de um estádio, e, uma vez que a cada geração a descendência de Laudômia se multiplica, em cada funil se abrem centenas de funis, cada qual com milhões de pessoas que devem nascer e esticam os pescoços e abrem a boca para não sufocar; ou então se pensa que Laudômia também desaparecerá, não se sabe quando, e todos os seus habitantes desaparecerão com ela, isto é, as gerações se sucederão até uma certa cifra e desta não passarão, e por isso a Laudômia dos mortos e a dos não nascidos são como as duas ampolas de uma ampulheta que não se vira, cada passagem entre o nascimento e a morte é um grão de areia que atravessa o estreitamento, e nascerá um último habitante de Laudômia, um último grão a cair que, no momento, está aguardando no alto da pilha.

# *AS CIDADES E O CÉU 4*

Convocados para ditar as normas para a fundação de Perínzia, os astrônomos estabeleceram a localização e o dia segundo a posição das estrelas, traçaram as linhas cruzadas do decúmano e do cardo orientadas uma como o curso solar e a outra como o eixo em torno do qual giram os céus, dividiram o mapa segundo as doze casas do zodíaco de modo que cada templo e cada bairro recebesse o influxo correto das constelações oportunas, fixaram o ponto da muralha no qual abrir as portas a fim de que cada uma enquadrasse um eclipse lunar nos próximos mil anos. Perínzia — asseguraram — espelharia a harmonia do firmamento; a razão da natureza e a graça dos deuses determinaram o destino dos habitantes.

Seguindo com exatidão os cálculos dos astrônomos, Perínzia foi edificada; diversas raças vieram povoá-la; a primeira geração nascida em Perínzia cresceu dentro de seus muros; e estes, por sua vez, atingiram a idade de casar e ter filhos.

Nas ruas e praças de Perínzia, hoje em dia, veem-se aleijados, anões, corcundas, obesos, mulheres com barba. Mas o pior não se vê: gritos guturais irrompem nos porões e nos celeiros, onde as famílias escondem os filhos com três cabeças ou seis pernas.

Os astrônomos de Perínzia encontram-se diante de uma difícil escolha: ou admitir que todos os seus cálculos estavam errados e que as suas cifras não conseguem descrever o céu, ou revelar que a ordem dos deuses é exatamente aquilo que se espelha na cidade dos monstros.

## *AS CIDADES CONTÍNUAS 3*

Todos os anos nas minhas viagens faço escala em Procópia e hospedo-me no mesmo quarto da mesma pensão. Desde a primeira vez, fiquei encantado ao contemplar a paisagem que se vê abrindo a cortina da janela: um fosso, uma ponte, um pequeno muro, uma sorveira, um campo de espigas de milho, um espinhal com amoras, um poleiro, um costado amarelo de colina, uma nuvem branca, um pedaço de céu azul em forma de trapézio. Tenho certeza de que da primeira vez não havia ninguém; foi só no ano seguinte que, por um movimento no meio das folhas, pude distinguir uma cara redonda e chata que roía uma espiga de milho. No ano seguinte, havia três pessoas em cima do pequeno muro, e ao retornar vi seis, sentados em fila, com as mãos sobre os joelhos e umas sorvas num prato. Todos os anos, assim que entrava no quarto, abria a cortina e contava algumas caras a mais: dezesseis, incluindo aqueles no fundo do fosso; vinte e nove, oito dos quais empoleirados na sorveira; quarenta e sete, sem contar os que estão no poleiro. Assemelham-se, parecem gentis, têm sardas no rosto, sorriem, alguns com a boca suja de amoras. Logo vi toda a ponte cheia de tipos com a cara redonda, agachados porque não tinham mais espaço para se mover; mascavam as espigas de milho, depois roíam os sabugos.

Assim, ano após ano, vi o desaparecimento do fosso, da árvore, do espinhal, escondidos por barreiras de sorrisos tranquilos em caras redondas que se movem mastigando folhas. Não se tem ideia, num espaço limitado como o da plantação de milho, de quanta gente ela pode conter, especialmente se postos sentados com os braços em torno dos joelhos, imóveis. Deve haver muito mais do que parece: vi o costado da colina cobrir-se de uma multidão cada vez mais compacta; mas, desde que as pessoas sobre a ponte ganharam o hábito de acavalar-se uns nos ombros dos outros, não consigo olhar muito adiante.

Este ano, afinal, ao erguer a cortina, a janela enquadra somente uma extensão de faces: de um canto ao outro, em todos os níveis e em todas as distâncias, veem-se essas caras redondas, paradas, chatas chatas, com um esboço de sorriso, e no meio muitas mãos, que se mantêm às costas dos que estão adiante. O céu também desapareceu. Dá no mesmo eu me afastar da janela.

Não que seja fácil me movimentar. No meu quarto, somos vinte e seis pessoas: para mover os pés, preciso incomodar os que estão agachados no chão, abro espaço entre os joelhos daqueles sentados sobre a cômoda e os cotovelos daqueles que se revezam para se apoiar na cama — todas pessoas gentis, felizmente.

## *AS CIDADES OCULTAS 2*

A vida em Raíssa não é feliz. Pelas ruas, as pessoas caminham retorcendo as mãos, imprecam às crianças que choram, encostam-se nos parapeitos do rio com a cabeça apoiada nas mãos, acordam de manhã com um pesadelo e logo começa outro. Nas mesas em que em todos os momentos alguém esmaga os dedos com o martelo ou fura-se com a agulha, ou nas colunas de números negativos dos registros dos comerciantes ou dos banqueiros, ou diante da fila de copos vazios sobre o balcão dos botequins, ainda bem que as cabeças abaixadas poupam olhares tortos. Dentro das casas é pior, e não é necessário entrar para sabê-lo: no verão, as janelas ribombam de brigas e pratos quebrados.

Todavia, em Raíssa, sempre há uma criança que da janela sorri para um cão que pulou num alpendre para comer um pedaço de polenta que caiu das mãos de um pedreiro que do alto do andaime exclamou: "Minha joia, tem um pouco para mim?", para uma jovem hospedeira que ergue um prato de sopa sob a pérgula, contente de servi-lo ao vendedor de guarda-chuvas que comemora um bom negócio, uma sombrinha de renda branca comprada por uma grande dama para pavonear-se durante as corridas, apaixonada por um oficial que lhe sorriu ao saltar o último obstáculo, que estava feliz mas mais feliz ainda estava o seu cavalo, que voava sobre os obstáculos vendo voar nos céus uma perdiz, pássaro feliz liberado da gaiola por um pintor feliz de tê-lo pintado pena por pena, salpicado de vermelho e amarelo na miniatura daquela página de livro em que o filósofo diz: "Em Raíssa, cidade triste, também corre um fio invisível que, por um instante, liga um ser vivo ao outro e se desfaz, depois volta a se estender entre pontos em movimento desenhando rapidamente novas figuras de modo que a cada segundo a cidade infeliz contém uma cidade feliz que nem mesmo sabe que existe".

## *AS CIDADES E O CÉU 5*

Ândria foi construída com tal arte que cada uma de suas ruas segue a órbita de um planeta e os edifícios e os lugares públicos repetem a ordem das constelações e a localização dos astros mais luminosos: Antares, Alpheratz, Capela, as Cefeidas. O calendário da cidade é regulado de modo que trabalhos e ofícios e cerimônias se disponham num mapa que corresponde ao firmamento daquela data: assim, os dias na terra e as noites no céu se espelham.

Mediante minuciosa regulamentação, a vida da cidade flui com a calma do movimento dos corpos celestes e adquire a necessidade dos fenômenos não sujeitos ao arbítrio humano. Aos cidadãos de Ândria, louvando-lhes a laboriosa fabricação e bem-estar do espírito, fui levado a declarar:

— Compreendo bem como vocês, sentindo-se parte de um céu imutável, engrenagens de um meticuloso mecanismo, evitem fazer em sua cidade e em seus costumes a mais ligeira mudança. Ândria é a única cidade que conheço à qual convém permanecer imóvel no tempo.

Olharam-se pasmos.

— Mas por quê? E quem disse? — E conduziram-me até uma rua suspensa recentemente aberta sobre um bosque de bambus, um teatro de sombras em construção no lugar do canil municipal, agora transferido para os pavilhões do antigo lazareto, abolido por estarem curados os últimos empestados, e, recém-inaugurados, um porto fluvial, uma estátua de Talete, um tobogã.

— E essas inovações não perturbam o ritmo astral da cidade? — perguntei.

— A correspondência entre a nossa cidade e o céu é tão perfeita — responderam —, que cada mudança em Ândria comporta alguma novidade nas estrelas. — Os astrônomos perscrutam com os telescópios depois de cada mudança que acontece em Ândria e assinalam a explosão de uma nova, ou a passagem do laranja para o amarelo de um ponto remoto do firmamento, a expansão de uma nebulosa, a curvatura de uma espiral da Via Láctea. Cada mudança implica uma cadeia de outras mudanças, tanto em Ândria como nas estrelas: a cidade e o céu nunca permanecem iguais.

Do caráter dos habitantes de Ândria, duas virtudes merecem ser recordadas: a confiança em si mesmos e a prudência. Convictos de que cada inovação na cidade influi no desenho do céu, antes de qualquer decisão calculam os riscos e as vantagens para eles e para o resto da cidade e dos mundos.

## *AS CIDADES CONTÍNUAS 4*

Você reprova o fato de que as minhas histórias o transportam para o meio de uma cidade sem falar a respeito do espaço que separa uma cidade da outra: se é coberto por mares, campos de centeio, florestas de lariços, pântanos. Responderei com uma história.

Pelas ruas de Cecília, cidade ilustre, uma vez encontrei um pastor que conduzia rente aos muros um rebanho tilintante.

— Bendito homem do céu — parou para me perguntar —, saberia me dizer o nome da cidade em que nos encontramos?

— Que os deuses o acompanhem — exclamei. — Como é possível não reconhecer a ilustríssima cidade de Cecília?

— Perdoe-me — o outro respondeu —, sou um pastor em transumância. Às vezes ocorre de eu e as cabras atravessarmos cidades, mas não sabemos distingui-las. Pergunte-me o nome dos pastos: conheço todos, o Prado entre as Rochas, o Declive Verde, a Grama à Sombra. Para mim as cidades não têm nome: são lugares sem folhas que separam um pasto do outro e onde as cabras se assustam nas encruzilhadas e debandam. Eu e o cachorro corremos para manter o rebanho unido.

— Ao contrário de você — afirmei —, só reconheço as cidades e não distingo o que fica fora. Nos lugares desabitados, as pedras e o prado confundem-se aos meus olhos com todas as pedras e prados.

Passaram-se muitos anos desde então; conheci muitas cidades e percorri continentes. Um dia, caminhava entre as esquinas de casas idênticas: perdera-me. Perguntei a um passante:

— Que os imortais o protejam, poderia me dizer onde nos encontramos?

— Em Cecília, infelizmente! — respondeu-me. — Há tanto tempo caminhamos por estas ruas, eu e as cabras, e não conseguimos sair...

Reconheci-o, apesar da longa barba branca: era aquele pastor. Seguiam-no umas poucas cabras sem pelo, que nem mesmo fediam mais, tão reduzidas a carne e osso estavam. Pastavam papelada nas latas de lixo.

— Não pode ser! — gritei. — Eu também, não sei desde quando, entrei numa cidade e continuei a penetrar por suas ruas. Mas como pude chegar aonde você diz se me encontrava em outra cidade, muito distante de Cecília, e ainda não tinha saído de lá?

— Os espaços se misturaram — disse o pastor —, Cecília está em todos os lugares; aqui um dia devia existir o Prado da Salva Baixa. As minhas cabras reconhecem as ervas da calçada.

## *AS CIDADES OCULTAS 3*

Uma sibila, questionada sobre o destino de Marósia, disse:

— Vejo duas cidades: uma do rato, uma da andorinha.

O oráculo foi interpretado da seguinte maneira: atualmente Marósia é uma cidade em que todos correm em galerias de chumbo, como bandos de ratos que comem restos caídos dos dentes de ratos mais ameaçadores; mas está para começar um novo século em que todos os habitantes de Marósia voarão como andorinhas no céu de verão, chamando uns aos outros como se fosse um jogo, exibindo-se em volteios com as asas firmes, removendo do ar mosquitos e pernilongos.

— É hora de concluir o século dos ratos e iniciar o das andorinhas — disseram os mais resolutos. E, de fato, sob o sinistro e sórdido predomínio ratinheiro, já se sentia incubar, entre as pessoas menos notórias, um ímpeto de andorinhas, que avançam no ar transparente com um ágil movimento da cauda e desenham com a lateral das asas a curva do horizonte que se alarga.

Retornei a Marósia anos depois; considerava-se que a profecia da sibila havia tempos se tornara realidade; o velho século está enterrado, o novo está em seu ápice. A cidade certamente mudou, talvez para melhor. Mas as asas que vi são as de guarda-chuvas desconfiados sob os quais pesadas pálpebras se abaixam se olhadas; existem pessoas que acreditam poder voar, mas já fazem muito se levantam do solo abanando balandraus de morcego.

Ocorre também que, margeando os sólidos muros de Marósia, quando menos se espera se vislumbra uma cidade diferente, que desaparece um instante depois. Talvez toda a questão seja saber quais palavras pronunciar, quais gestos executar, e em que ordem e ritmo, ou então basta o olhar a resposta o aceno de alguém, basta que alguém faça alguma coisa pelo simples prazer de fazê-la, e para que o seu prazer se torne um prazer para os outros; naquele momento todos os espaços se alteram, as alturas, as distâncias, a cidade se transfigura, torna-se cristalina, transparente como uma libélula. Mas é necessário que tudo aconteça como se por acaso, sem dar muita importância, sem a pretensão de estar cumprindo uma operação decisiva, tendo em mente que de um momento para o outro a Marósia anterior voltará a soldar sobre as cabeças o seu teto de pedra, teias de aranha e mofo.

O oráculo estava enganado? Não necessariamente. Eu o interpreto da seguinte maneira: Marósia consiste em duas cidades — a do rato e a da andorinha; ambas mudam com o tempo; mas não muda a relação entre elas: a segunda é a que está para se libertar da primeira.

## *AS CIDADES CONTÍNUAS 5*

Para falar de Pentesileia, eu deveria começar descrevendo o ingresso na cidade. Você sem dúvida imagina ver elevar-se no planalto poeirento uma cinta de muralhas, aproximar-se passo a passo da sua porta, vigiada por guardas aduaneiros que fitam com suspeita os seus pacotes. Até alcançá-la, você permanece do lado de fora; depois de passar sob uma arcada, você se encontra dentro da cidade; você se sente circundado por seu espessor compacto; entalhado na pedra, há um desenho que se revelará se você seguir o seu traçado anguloso.

Se você acredita nisso, engana-se: Pentesileia é diferente. Você avança por horas e não sabe com certeza se já está no meio da cidade ou se permanece do lado de fora. Como um lago de margens baixas que se perde em lodaçais, Pentesileia expande-se por diversas milhas ao seu redor numa sopa de cidade diluída no planalto: edifícios pálidos que dão as costas para prados insípidos, entre paliçadas de varas e telhados de zinco. De vez em quando, às margens da estrada, uma concentração de construções de fachadas áridas, altas altas ou baixas baixas como um pente desdentado, parece indicar que a partir dali as malhas da cidade se restringem. Em vez disso, prosseguindo você encontra outros terrenos baldios, depois um subúrbio com oficinas e depósitos enferrujados, um cemitério, uma feira com parque de diversões, um matadouro; você se afasta por uma rua de lojas macilentas que se perde em manchas de campo pelado.

Às pessoas com que se depara, você pergunta: Para Pentesileia?, elas fazem um gesto circular que não se sabe se quer dizer: "Aqui", ou então: "Mais adiante", ou: "Aqui em volta", ou ainda: "Do outro lado".

— A cidade? — você insiste em perguntar.

— Voltamos para cá todas as manhãs para trabalhar — respondem alguns, e os outros: — Voltamos para cá para dormir.

— Mas a cidade onde se vive? — você pergunta.

— Deve ser — dizem — por ali — e alguns levantam o braço obliquamente em direção a uma concentração de poliedros opacos, no horizonte, enquanto outros, às suas costas, indicam o espectro de outras cúspides.

— Então passei por ela sem perceber?

— Não, é melhor tentar ir adiante.

Deste modo, você prossegue, passando de uma periferia para a outra, e chega a hora de partir de Pentesileia. Você pergunta sobre a estrada para sair da cidade; volta a percorrer a fileira de subúrbios espalhados como um pigmento leitoso; vem a noite; iluminam-se as janelas, ora mais ralas, ora mais densas.

Se escondida em algum bolso ou ruga dessa circunscrição transbordante existe uma Pentesileia reconhecível ou recordável por quem ali esteve, ou então se Pentesileia é apenas uma periferia de si mesma e o seu centro está em todos os lugares, você já desistiu de saber. A pergunta que agora começa a corroer a sua cabeça é mais angustiante: fora de Pentesileia existe um lado de fora? Ou, por mais que você se afaste da cidade, nada faz além de passar de um limbo para o outro sem conseguir sair dali?

## *AS CIDADES OCULTAS 4*

Repetidas invasões afligiram a cidade de Teodora ao longo dos séculos de sua história; para cada inimigo desbaratado, surgia um novo que ameaçava a sobrevivência dos habitantes. Depois de expulsar os condores do céu, foi necessário enfrentar a proliferação das serpentes; o extermínio das aranhas permitiu que as moscas se multiplicassem e negrejassem; a vitória sobre os cupins deixou a cidade à mercê das traças. Uma a uma, as espécies incompatíveis com a cidade sucumbiram e foram extintas. Graças à fúria de dilacerar escamas e cascos, de arrancar élitros e penas, os homens deram a Teodora a imagem exclusiva de cidade humana que ainda a caracteriza.

Mas antes disso, por longos anos, permaneceu incerto se a vitória final não seria da última espécie a prosseguir disputando com os homens a posse da cidade: os ratos. Para cada geração de roedores que os homens conseguiam exterminar, os poucos sobreviventes davam à luz uma progênie mais aguerrida, invulnerável às armadilhas e refratária a qualquer veneno. No decurso de poucas semanas, os subterrâneos de Teodora se repovoavam de hordas de ratos. Finalmente, numa derradeira hecatombe, a mortífera e versátil engenhosidade humana venceu os superabundantes comportamentos vitais dos inimigos.

A cidade, grande cemitério do reino animal, fechou-se asséptica sobre as últimas carniças enterradas com as últimas pulgas e os últimos micróbios. O homem finalmente havia restabelecido a ordem do mundo que ele próprio transtornara: não existia nenhuma outra espécie viva para recolocá-lo em dúvida. Como recordação do que era a fauna, a biblioteca de Teodora conservaria em suas estantes os tomos de Buffon e de Lineu.

Ao menos era nisso que os habitantes de Teodora acreditavam, longe de supor que a fauna esquecida estava se despertando do letargo. Relegada por longas eras a esconderijos apartados, desde que fora despojada do sistema das espécies agora extintas, a outra fauna retornava à luz dos porões da biblioteca onde se conservavam os incunábulos, saltava dos capitéis e dos canais, empoleirava-se no travesseiro dos dormentes. As esfinges, os grifos, as quimeras, os dragões, os hircocervos, as harpias, as hidras, os unicórnios, os basiliscos retomavam a posse de sua cidade.

## *AS CIDADES OCULTAS 5*

Em vez de falar de Berenice, cidade injusta, que coroa com tríglifos ábacos métopes as engrenagens de suas máquinas de triturar carne (os funcionários responsáveis pela limpeza, quando levantam a cabeça acima dos balaústres e contemplam os átrios, as escadarias, os pronaus, sentem-se ainda mais enclausurados e baixos de estatura), eu deveria falar da Berenice oculta, a cidade dos justos, atarefados com materiais de fortuna à sombra de almoxarifados e vãos de escada, atando uma rede de fios e tubos e roldanas e bielas e contrapesos, que se infiltra como uma trepadeira entre as grandes rodas dentadas (quando estas se entravarem, um surdo tique-taque anunciará que um novo mecanismo preciso governa a cidade); em vez de representar as piscinas perfumadas das termas em cujas bordas se estendem os injustos de Berenice enquanto tecem as suas intrigas com redonda eloquência e observam com olhar dominador as carnes redondas das odaliscas que se banham, deveria falar de como os justos, sempre prudentes em evitar as delações dos sicofantas e as armadilhas dos janízaros, reconhecem-se pelo modo de falar, especialmente pela pronúncia das vírgulas e dos parênteses; dos costumes que parecem austeros e inocentes eludindo os estados de ânimo complicados e sombrios; da cozinha sóbria mas saborosa que reevoca uma antiga idade de ouro: sopa de arroz e aipo, favas cozidas, flores de abobrinha fritas.

A partir destes dados é possível inferir uma imagem da futura Berenice, que estará mais próxima do conhecimento da verdade do que qualquer notícia sobre o atual estado da cidade. Contanto que se tenha em mente o que estou para dizer: na origem da cidade dos justos está oculta, por sua vez, uma semente maligna; a certeza e o orgulho de serem justos — e de sê-lo mais do que tantos outros que dizem ser mais justos do que os justos —, fermentando rancores, rivalidades, teimosias, e o natural desejo de represália contra os injustos se contamina pelo anseio de estar em seu lugar e fazer o mesmo que eles. Uma outra cidade injusta, portanto, apesar de diferente da anterior, está cavando o seu espaço dentro do duplo invólucro das Berenices justa e injusta.

Dito isto, se não desejo que o seu olhar colha uma imagem deformada, devo atrair a sua atenção para uma qualidade intrínseca dessa cidade injusta que germina em segredo na secreta cidade justa: trata-se do possível despertar — como um violento abrir de janelas — de um amor latente pela justiça, ainda não submetido a regras, capaz de compor uma cidade ainda mais justa do que era antes de se tornar recipiente de injustiça. Mas, se se perscruta ulteriormente no interior deste novo germe de justiça, descobre-se uma manchinha que se dilata na forma de crescente inclinação a impor o justo por meio do injusto, e talvez seja o germe de uma imensa metrópole...

Pelo meu discurso, pode-se tirar a conclusão de que a verdadeira Berenice é uma sucessão no tempo de cidades diferentes, alternadamente justas e injustas. Mas o que eu queria observar é outra coisa: que todas as futuras Berenices já estão presentes neste instante, contidas uma dentro da outra, apertadas espremidas inseparáveis.

*O atlas do Grande Khan também contém os mapas de terras prometidas visitadas na imaginação mas ainda não descobertas ou fundadas: a Nova Atlântida, Utopia, a Cidade do Sol, Oceana, Tamoé, Harmonia, New-Lanark, Icária.*

*Kublai perguntou para Marco:*

*— Você, que explora em profundidade e é capaz de interpretar os símbolos, saberia me dizer em direção a qual desses futuros nos levam os ventos propícios?*

*— Por esses portos eu não saberia traçar a rota nos mapas nem fixar a data da atracação. Às vezes, basta-me uma partícula que se abre no meio de uma paisagem incongruente, um aflorar de luzes na neblina, o diálogo de dois passantes que se encontram no vaivém, para pensar que partindo dali construirei pedaço por pedaço a cidade perfeita, feita de fragmentos misturados com o resto, de instantes separados por intervalos, de sinais que alguém envia e não sabe quem capta. Se digo que a cidade para a qual tende a minha viagem é descontínua no espaço e no tempo, ora mais rala, ora mais densa, você não deve crer que pode parar de procurá-la. Pode ser que enquanto falamos ela esteja aflorando dispersa dentro dos confins do seu império; é possível encontrá-la, mas da maneira que eu disse.*

*O Grande Khan já estava folheando em seu atlas os mapas das ameaçadoras cidades que surgem nos pesadelos e nas maldições: Enoch, Babilônia, Yahoo, Butua, Brave New World.*

*Disse:*

*— É tudo inútil, se o último porto só pode ser a cidade infernal, que está lá no fundo e que nos suga num vórtice cada vez mais estreito.*

*E Polo:*

*— O inferno dos vivos não é algo que será; se existe, é aquele que já está aqui, o inferno no qual vivemos todos os dias, que formamos estando juntos. Existem duas maneiras de não sofrer. A primeira é fácil para a maioria das pessoas: aceitar o inferno e tornar-se parte deste até o ponto de deixar de percebê-lo. A segunda é arriscada e exige atenção e aprendizagem contínuas: tentar saber reconhecer quem e o que, no meio do inferno, não é inferno, e preservá-lo, e abrir espaço.*

1ª EDIÇÃO [1990] 18 reimpressões
2ª EDIÇÃO [2003] 29 reimpressões

ESTA OBRA FOI COMPOSTA PELA VERBA EDITORIAL EM GARAMOND
E IMPRESSA PELA GRÁFICA BARTIRA EM OFSETE SOBRE PAPEL PÓLEN DA
SUZANO S.A. PARA A EDITORA SCHWARCZ EM MAIO DE 2024

FSC
www.fsc.org
MISTO
Papel | Apoiando o manejo florestal responsável
FSC® C105484

A marca FSC® é a garantia de que a madeira utilizada na fabricação do papel deste livro provém de florestas que foram gerenciadas de maneira ambientalmente correta, socialmente justa e economicamente viável, além de outras fontes de origem controlada.